66

मैं यह विश्वास दिला सकती हूँ कि मैंने अपनी लिखी हुई कहानियों में से यहाँ जिन कहानियों का आपके पढ़ने के लिए चुनाव किया है, यह एक लेखक की हैसियत से नहीं, एक पाठक की हैसियत से किया है। आपकी तरह—हर कहानी के तीसरे पात्र की हैसियत से। इस संकलन के कारण बता सकती हूँ—कुछ कहानियाँ मुहब्बत और ज़िन्दगी की ओर औरत के नुक्ता नज़र की नुमाइन्दगी करती हैं। दर्द एक सा है पर हर कहानी की औरत अलग-अलग श्रेणी की है, ना किसी का तजुरबा किसी के साथ मिलता है ना नुक्ता नज़र। यही भिन्नता...

99

मेरी प्रिय कहानियाँ

अमृता प्रीतम

ISBN : 978-93-5064-193-4

संस्करण : 2014 © अमृता प्रीतम

MERI PRIYA KAHANIYAN (Stories) by Amrita Pritam

राजपाल एण्ड सन्ज़

1590, मदरसा रोड, कश्मीरी गेट, दिल्ली-110006

फोनः 011-23869812, 23865483, फैक्सः 011-23867791

website : www.rajpalpublishing.com

e-mail : sales@rajpalpublishing.com

www.facebook.com/rajpalandsons

उस प्रिय कहानी के नाम
जो इस पुस्तक में नहीं है

भूमिका

हर कहानी का एक मुख्य पात्र होता है, और जो कोई उसको मुख्य पात्र बनाने का कारण बनता है, चाहे वह उसका महबूब हो और चाहे उसका माहौल, वह उस कहानी का दूसरा पात्र होता है। कहानी की राह से गुज़रते लोग या हादसे उन पात्रों के चलने, बैठने और देखने के लिए कहानी-महल की सीढ़ियाँ, चबूतरे और खिड़कियाँ कहे जा सकते हैं। पर मैं सोचती हूँ, हर कहानी का एक तीसरा पात्र भी होता है। कहानी लिखने वाले को मैं कहानी का तीसरा पात्र नहीं कह सकती—रचना की घड़ी वह घड़ी होती है जब कहानी लिखने वाला कहानी के पात्र से अलहदा नहीं रह जाता—वह अपने पात्र का मन अपनी छाती में डाल लेता है और अपने पात्र के आँसू अपनी आँखों में। कहानी का तीसरा अहम पात्र उसका पाठक होता है, जो उस कहानी को पहली बार लफ्ज़ों में से उभरते हुए देखता है और उसके वजूद की गवाही देता है, और चाहे वह भी पात्र के मन को अपनी छाती में धड़कते हुए सुन सकता है, पात्र के आँसू अपनी आँखों से पोंछ सकता है, पर फिर भी उनका अपना अस्तित्व इतना-सा अलग ज़रूर रहता है कि उसे कहानी का तीसरा पात्र कहा जा सकता है

आप—सभी पढ़ने वाले—मेरी हर कहानी के तीसरे पात्र हैं। किसी एक कहानी को दूसरी से तरजीह देने का हक आपका सुरक्षित है। सोच का समतल, तजुरबे की अमीरी, और ज़िन्दगी की कीमतें हर एक की अपनी-अपनी होती हैं। कारण अलग-अलग होते हैं, इसलिए पसन्द भी अलग-अलग हो सकती है। आपकी पसन्द का अधिकार सुरक्षित है, मैं केवल यह विश्वास दिला सकती हूँ कि मैंने अपनी लिखी हुई कहानियों में से यहाँ जिन कहानियों का आपके पढ़ने के लिए चुनाव किया है, यह एक लेखक की हैसियत से नहीं, एक पाठक की हैसियत से किया है। आपकी तरह—हर कहानी के तीसरे पात्र की हैसियत से।

इस संकलन के कारण बता सकती हूँ—कुछ कहानियाँ मुहब्बत और ज़िन्दगी की ओर औरत के नुक्ता नज़र की नुमाइन्दगी करती हैं। दर्द एक-सा है पर हर

कहानी की औरत अलग-अलग श्रेणी की है, ना किसी का तजुरबा किसी के साथ मिलता है ना नुक्ता नज़र। यही भिन्नता और यही स्पष्टता इस चुनाव का कारण है।

'जंगली बूटी' की अंगूरी उस छोटे-से और पिछड़े हुए गाँव की जन्मी-पली है, जहाँ औरत को सँस्कारों से और रस्म-रीति से स्वतन्त्र होकर कभी मुहब्बत करने का ख्याल नहीं आया। यहाँ तक कि उसका विश्वास यह बन गया है कि यदि किसी अनजान लड़की को किसी मर्द से प्यार हो जाता है तो इसका मतलब है कि उस मर्द ने पान में या किसी मिठाई में डालकर कोई जंगली बूटी उसको खिला दी होगी, जिसके असर से उसमें मुहब्बत का पागलपन आ गया। और इस विश्वास में जीती और हँसती-खेलती अंगूरी के मन में जब मुहब्बत की पहली कसक पड़ती है, और वह बावरी होकर जब कसम खाने लगती है कि उसने कभी किसी के हाथों मिठाई नहीं खाई, न कभी पान खाया है, तब उसके भोले दर्द के सामने सारी समझदारियाँ सिर नीचा कर लेती हैं...।

'गुलियाना का एक खत' एक चेतन औरत का दर्द है। उसके सपने जितने नाज़ुक हैं उनकी चोट उतनी ही तीखी है। उसके मन में एक घर की बहुत सादा और कदीमी लालसा भी है और उस घर की कल्पना भी है जिसका दरवाज़ा सितारों की चाबियों से खोला जाए...

'करमांवाली' दिल की दौलत के एवज़ में दिल की जो दौलत माँगती है उसमें उसे कोई भी कमी कबूल नहीं। उसका मन सुच्चे-अछूते लिबास की तरह है जो पहली बार किसी ने अपने अंग लगाना है, पर उसका पति, जो उससे पहले किसी और औरत से मुहब्बत कर चुका है, उसे उस पहरन की तरह लगता है जिसे अंग लगाते हुए उसे महसूस होता है, वह किसी की उतरन पहन रही है...

'छमक छल्लो' गुरबत की झकझोरी हुई वह लड़की है जिसकी अपनी ही मुस्कराहट उसके नाज़ुक बदन पर चाबुक की तरह लग जाती है। और मुस्कराहट की कीमत से खरीदी हुई माँस की डली जब घर की हंडिया में भूनी जाती है तब उसे लगता है चूल्हे पर उसकी मुस्कराहट भूनी जा रही है...

'अमाकड़ी' के पास मुहब्बत का ज़हर है। उसे प्यार करने वाला जब कहीं विवाह करता है, सोचता है, वक्त पाकर अमाकड़ी का ज़हर उतर जाएगा। विवाह जैसे ज़हर को उतारने वाला एक टीका है। पर...

'एक रूमाल : एक अंगूठी : एक छलनी' की बन्ती अपने महबूब के दिए हुए रूमाल को जब अपने बच्चे के सिर पर बाँधकर देखती है, उसे लगता है उसका बच्चा देखते-देखते पच्चीस साल का हो गया है और वह खुद अभी मुश्किल से बीस साल की है...इस कहानी का बल बहू और सास की वह दोस्ती है, जो अपने बदन से रिश्तों का बोझ उतारकर पहली बार एक-दूसरे को केवल इन्सानी दर्द के रूप में देखती है...

आगे की कहानियों में मर्द-मन के कुछ पहलू हैं। 'धुआँ और लाट' में एक ऐसा हादसा है जो एक सोचवान मर्द को, एक मासूम प्यार से पूर्ति पाते हुए भी, सोच में डाल देता है कि कुछ पल की पूर्ति को बरसों की पूर्ति बनाना शायद इस तरह है जैसे हवा-तकिए में जंगल की खुली हवा को भर कर शहरों की कोयलों के धुएँ से और जंग की बातों से भरी हुई फ़िज़ा में ले जाना...अहसास का तेज़ बहाव, और चिन्तन की सहनशीलता इस कहानी की कसक है...

'लाल मिर्च' कहानी के यह नसीब हैं कि उसके पात्र की बेबसी कहानी की ताकत है। बरसों बाद इस कहानी को पढ़ते हुए मुझे वही अहसास हुआ है जो इसे लिखने के वक्त हुआ था। कहानी के आखिर में पढ़ने वाले से, कहानी के पात्र की तरह, जब सामने देखा नहीं जाता, तब कहानी अपनी सफलता पर मुस्करा देती है। यही मुस्कराहट इस कहानी की टीस है...

'बू' कहानी में एक मर्द की मुहब्बत और ज़िन्दगी की ज़रूरत आपस में इस तरह टकरा जाती हैं कि उसका दिल बड़ा मासूम होते हुए भी गुनाहों के छींटों से भर जाता है...

'मैं सब जानता हूँ' कहानी के पात्र जैलसिंह की वह परेशानी इस कहानी का दर्द है, जो परेशानी ज़िन्दगी की विशालता को एक नये कोण से देखकर पैदा होती हैं। इन्सान ज़िन्दगी को अक्सर एक ही जगह खड़ा होकर एक ही कोण से देखकर समझता है कि उसे ज़िन्दगी का सब कुछ पता चल गया है, पर...

'एक लड़की : एक जाम' का दर्द इसलिए अलग है कि उसके कलाकार सुमेश की एक जाम से वफ़ा उस वक्त उसे आज़माना चाहती है, जिस वक्त उसका यह इतकाद बन गया है कि हर लड़की को शराब के एक प्याले की तरह पिया और फिर एक प्याले के बाद दूसरा प्याला भर लिया। ''मेरी ज़िन्दगी बहुत तल्ख है, बहुत गर्म, तुम पी नहीं सकोगी'' जब कोई किसी से यह कहे और कोई आगे से जवाब दे ''फूँक-फूँक कर पी लूँगी बाबू!'' तब बनी हुई कहानी टूट जाती है और टूटी हुई कहानी बन जाती है...

'एक गीत का सृजन' एक रचनात्मक अमल का वर्णन है। आग की लकीर को लफ्ज़ों में पकड़ने की कोशिश है...

और आगे की कहानियाँ...पहली कहानियों का दर्द एक आवाज़ बन सकता है, पर इन कहानियों का दर्द एक गूँगे का दर्द है।

'पाँच बहनें' औरत जात के उस गूँगे दर्द की कहानी है, जिसे यह गूँगापन चाहे मज़हब और इख़लाक की पुरातन कीमतों को स्वीकार करने से नसीब हुआ है, और चाहे उन कीमतों को अस्वीकार करने में असफल यत्न से।

'उधड़ी हुई कहानियाँ' मध्य प्रदेश के बहुत पिछड़े हुए इलाके की कहानी है

जहाँ अब भी यह विश्वास है कि अगर किसी औरत के घर दो बच्चे एक साथ पैदा होते हैं तो उनमें से एक बच्चा ज़रूर पाप का बच्चा है। औरत ने ज़रूर एक ही दिन दो मर्दों का संग किया होगा, इसलिए दो बच्चे पैदा हुए...

'अजनबी' में एक विकारग्रस्त पुरुष की दशा दिखाई गई है। आचार-विचारों के बीच रास्ता ढूँढ़ते-ढूँढ़ते जिसका अपनापन खो जाता है। 'एक दुःखान्त' एक तर्कशील मनुष्य की संवेदना को जाहिर करती है। सहज 'होना' जब असहज या असम्भव हो तो दुःख जैसा शोर कर टूटता है उसमें भी एक खामोशी होती है।

असल में आगे होकर हादसे के बीच से गुज़रना भी, और दूर खड़े होकर उस हादसे को देखना भी एक अजीब तजुरबा है। कहानी का लेखक जब कहानी लिख रहा होता है, उस हादसे से गुज़र रहा है, और जब वक्त पाकर उसे पढ़ रहा होता है, तब उस हादसे को देख रहा होता है। इन कहानियों का चुनाव करते हुए मैं इनसे गुज़र नहीं रही हूँ। इसलिए, मैं आपकी तरह—हर पाठक की तरह इस वक्त हर कहानी का तीसरा पात्र हूँ।

—अमृता प्रीतम

क्रम

जंगली बूटी

अंगूरी, मेरे पड़ौसियों के पड़ौसियों के पड़ौसियों के घर, उनके बड़े ही पुराने नौकर की बिलकुल नई बीवी है। एक तो नई इस बात से कि वह अपने पति की दूसरी बीवी है, सो उसका पति 'दुहाजू' हुआ है। जू का मतलब अगर 'जून' हो तो इसका पूरा मतलब निकला 'दूसरी जून में पड़ चुका आदमी', यानी दूसरे विवाह की जून में, और अंगूरी क्योंकि अभी विवाह की पहली जून में ही है, यानी पहली विवाह की जून में, इसलिए नई हुई। और दूसरे वह इस बात से भी नई है कि उसका गौना आए अभी जितने महीने हुए हैं, वे सारे महीने मिलकर भी एक साल नहीं बनेंगे।

पाँच-छः साल हुए, प्रभाती जब अपने मालिकों से छुट्टी लेकर अपनी पहली पत्नी की किरिया करने के लिए अपने गाँव गया था, तो कहते हैं कि किरिया वाले दिन इस अंगूरी के बाप ने उसका अंगोछा निचोड़ दिया था। किसी भी मर्द का यह अंगोछा भले ही अपनी पत्नी की मौत पर आंसुओं से नहीं भीगा होता, चौथे दिन या किरिया के दिन नहाकर बदन पोंछने के बाद वह अंगोछा पानी में ही भीगा होता है, पर इस साधारण-सी गाँव की रस्म से किसी और लड़की का बाप उठकर जब यह अंगोछा निचोड़ देता है तो जैसे कह रहा होता है—"उस मरने वाली की जगह मैं तुम्हें अपनी बेटी देता हूँ और अब तुम्हें रोने की ज़रूरत नहीं, मैंने तुम्हारा आँसुओं से भीगा हुआ अंगोछा भी सुखा दिया है।"

इस तरह प्रभाती का इस अंगूरी के साथ दूसरा विवाह हो गया था। पर एक तो अंगूरी अभी आयु की बहुत छोटी थी, और दूसरे अंगूरी की माँ गठिया के रोग से जुड़ी हुई थी। इसलिए गौने की बात पाँच सालों पर जा पड़ी थी।...फिर एक-एक कर पाँच साल भी निकल गए थे। और इस साल जब प्रभाती अपने मालिकों से छुट्टी लेकर अपने गाँव गौना लेने गया था तो अपने मालिकों को पहले ही कह गया था कि या तो वह अपनी बहू को भी साथ लाएगा और शहर में अपने साथ रखेगा, और या फिर वह भी गाँव से नहीं लौटेगा। मालिक पहले तो दलील करने लगे थे

कि एक प्रभाती की जगह अपनी रसोई में से वे दो जनों की रोटी नहीं देना चाहते थे। पर जब प्रभाती ने यह बात कही कि वह कोठरी के पीछे वाली कच्ची जगह को पोत कर, अपना अलग चूल्हा बनाएगी, अपना पकाएगी, अपना खाएगी, तो उसके मालिक यह बात मान गए थे। सो अंगूरी शहर आ गई थी। चाहे अंगूरी ने शहर आकर कुछ दिन मुहल्ले के मर्दों से तो क्या औरतों से भी घूँघट न उठाया था, पर फिर धीरे-धीरे उसका घूँघट झीना हो गया था। वह पैरों में चाँदी की झाँजरें पहनकर छनक-छनक करती मुहल्ले की रौनक बन गई थी। एक झाँजर उसके पाँवों में पहनी होती, एक उसकी हँसी में। चाहे वह दिन का अधिकतर हिस्सा अपनी कोठरी में ही रहती थी पर जब भी बाहर निकलती, एक रौनक उसके पाँवों के साथ-साथ चलती थी।

"यह क्या पहना है अंगूरी?"

"यह तो मेरे पैरों की छैल चूड़ी है।"

"और यह उँगलियों में?"

"यह तो बिछुआ है।"

"और यह बाँहों में?"

"यह तो पछेला है।"

"और माथे पर?"

"आलीबन्द कहते हैं इसे।"

"आज तुमने कमर में कुछ नहीं पहना?"

"तगड़ी बहुत भारी लगती है, कल को पहनूँगी। आज तो मैंने तौक भी नहीं पहना। उसका टांका टूट गया है। कल सहर में जाऊँगी, टांका भी गड़ाऊँगी और नाक की कील भी लाऊँगी। मेरी नाक को नकसा भी था, इत्ता बड़ा, मेरी सास ने दिया नहीं।"

इस तरह अंगूरी अपने चाँदी के गहने एक मड़क से पहनती थी, एक मड़क से दिखाती थी।

पीछे जब मौसम फिरा था, अंगूरी का अपनी छोटी कोठरी में दम घुटने लगा था। वह बहुत बार मेरे घर के सामने आ बैठती थी। मेरे घर के आगे नीम के बड़े-बड़े पेड़ हैं, और इन पेड़ों के पास ज़रा ऊँची जगह पर एक पुराना कुआँ है। चाहे मुहल्ले का कोई भी आदमी इस कुएँ से पानी नहीं भरता, पर इसके पार एक सरकारी सड़क बन रही है और उस सड़क के मज़दूर कई बार इस कुएँ को चला लेते हैं जिससे कुएँ के गिर्द अक्सर पानी गिरा होता है और यह जगह बड़ी ठण्डी रहती है।

"क्या पढ़ती हो बीबी जी?" एक दिन अंगूरी जब आई, मैं नीम के पेड़ों के नीचे बैठकर एक किताब पढ़ रही थी।

''तुम पढ़ोगी?''

''मेरे को पढ़ना नहीं आता।''

''सीख लो।''

''ना।''

''क्यों?''

''औरतों को पाप लगता है पढ़ने से।''

''औरत को पाप लगता है? मर्द को नहीं लगता?''

''ना, मर्द को नहीं लगता?''

''यह तुम्हें किसने कहा है?''

''मैं जानती हूँ।''

''फिर मैं तो पढ़ती हूँ। मुझे पाप लगेगा?''

''सहर की औरत को पाप नहीं लगता। गाँव की औरत को पाप लगता है।''

मैं भी हँस पड़ी और अंगूरी भी। अंगूरी ने जो कुछ सीखा-सुना हुआ था, उसमें उसे कोई शंका नहीं थी, इसलिए मैंने उससे कुछ न कहा। वह अगर हँसती-खेलती अपनी ज़िन्दगी के दायरे में सुखी रह सकती थी, तो उसके लिए यही ठीक था। वैसे मैं अंगूरी के मुँह की ओर ध्यान लगाकर देखती रही। गहरे साँवले रंग में उसके बदन का मांस गुँथा हुआ था। कहते हैं—औरत आटे की लोई होती है। पर कइयों के बदन का मांस उस ढीले आटे की तरह होता है जिसकी रोटी कभी भी गोल नहीं बनती, और कइयों के बदन का माँस बिलकुल खमीरे के आटे जैसा, जिसे बेलने से फैलाया नहीं जा सकता। सिर्फ किसी-किसी के बदन का माँस इतना सख्त गुँथा होता है कि रोटी तो क्या चाहे पूरियाँ बेल लो।...मैं अंगूरी के मुँह की ओर देखती रही, अंगूरी की छाती की ओर, अंगूरी की पिंडलियों की ओर...वह इतने सख्त मैदे की तरह गुँथी हुई थी कि जिससे मठरियाँ तली जा सकती थीं और मैंने इस अंगूरी का प्रभाती भी देखा हुआ था, ठिगने कद का, ढलके हुए मुँह का कसोरे जैसा। और फिर अंगूरी के रूप की ओर देखकर मुझे उसके खाविंद के बारे में एक अजीब तुलना सूझी कि प्रभाती असल में आटे की इस घनी गुँथी लोई को पकाकर खाने का हकदार नहीं—वह इस लोई को ढककर रखने वाला कठवत है।...इस तुलना से मुझे खुद ही हँसी आ गई। पर मैं अंगूरी को इस तुलना का आभास नहीं देना चाहती थी। इसलिए उससे मैं उसके गाँव की छोटी-छोटी बातें करने लगी।

माँ-बाप की, बहिन-भाइयों की, और खेतों-खलिहानों की बातें करते हुए मैंने उससे पूछा, ''अंगूरी, तुम्हारे गाँव में शादी कैसे होती हैं?''

''लड़की छोटी-सी होती है, पाँच-सात साल की, जब वह किसी के पाँव पूज लेती है।''

“कैसे पूजती है पाँव?”

“लड़की का बाप जाता है, फूलों की एक थाली ले जाता है, साथ में रुपए, और लड़के के आगे रख देता है।”

“यह तो एक तरह से बाप ने पाँव पूज लिए। लड़की ने कैसे पूजे”

“लड़की की तरफ से तो पूजे।”

“पर लड़की ने तो उसे देखा भी नहीं?”

“लड़कियाँ नहीं देखतीं।”

“लड़कियाँ अपने होने वाले खाविंद को नहीं देखतीं?”

“ना।”

“कोई भी लड़की नहीं देखती?”

“ना।”

पहले तो अंगूरी ने ‘ना’ कर दी पर फिर कुछ सोच-सोचकर कहने लगी, ‘‘जो लड़कियाँ प्रेम करती हैं, वे देखती हैं।’’

“तुम्हारे गाँव में लड़कियाँ प्रेम करती है?”

“कोई-कोई।”

“जो प्रेम करती है, उनको पाप नहीं लगता?” मुझे असल में अंगूरी की वह बात स्मरण हो आई थी कि औरत को पढ़ने से पाप लगता है। इसलिए मैंने सोचा कि उस हिसाब से प्रेम करने से भी पाप लगता होगा।

“पाप लगता है, बड़ा पाप लगता है।” अंगूरी ने जल्दी से कहा।

“अगर पाप लगता है तो फिर वे क्यों प्रेम करती हैं?”

“जे तो...बात यह होती है कि कोई आदमी जब किसी छोकरी को कुछ खिला देता है तो वह उससे प्रेम करने लग जाती है।”

“कोई क्या खिला देता है उसको?”

“एक जंगली बूटी होती है। बस वही पान में डालकर या मिठाई में डालकर खिला देता है। छोकरी उसे प्रेम करने लग जाती है। फिर उसे वही अच्छा लगता है दुनिया का और कुछ भी अच्छा नहीं लगता।”

“सच?”

“मैं जानती हूँ, मैंने अपनी आँखों से देखा है।”

“किसे देखा था?”

“मेरी एक सखी थी। इत्ती बड़ी थी मेरे से।”

“फिर?”

“फिर क्या? वह तो पागल हो गई उसके पीछे। शहर चली गई उसके साथ।”

“यह तुम्हें कैसे मालूम है कि तेरी सखी को उसने बूटी खिलाई थी?”

''बर्फी में डालकर खिलाई थी। और नहीं तो क्या, वह ऐसे ही अपने माँ-बाप को छोड़कर चली जाती? वह उसको बहुत चीज़ें लाकर देता था। सहर से धोती लाता था, चूड़ियाँ भी लाता था शीशे की, और मोतियों की माला भी।''

''ये तो चीज़ें हुई न! पर यह तुम्हें कैसे मालूम हुआ कि उसने जंगली बूटी खिलाई थी!''

''नहीं खिलाई थी तो फिर वह उसको प्रेम क्यों करने लग गई?''

''प्रेम तो यूँ भी हो जाता है।''

''नहीं, ऐसे नहीं होता। जिससे माँ-बाप बुरा मान जाएँ, भला उससे प्रेम कैसे हो सकता है?''

''तूने वह जंगली बूटी देखी है?''

''मैंने नहीं देखी। वे तो बड़ी दूर से लाते हैं। फिर छुपाकर मिठाई में डाल देते हैं, या पान में डाल देते हैं। मेरी माँ ने तो पहले ही बता दिया था कि किसी के हाथ से मिठाई नहीं खाना।''

''तूने बहुत अच्छा किया कि किसी के हाथ से मिठाई नहीं खाई। पर तेरी उस सखी ने कैसे खा ली?''

''अपना किया पाएगी?''

''किया पाएगी।'' कहने को तो अंगूरी ने कह दिया पर फिर शायद उसे सहेली पर स्नेह आ गया या तरस आ गया, दुखे हुए मन से कहने लगी,

''बावरी हो गई थी बेचारी। बालों में कंघी भी नहीं लगाती थी। रात को उठ-उठकर गाने गाती थी।''

''क्या गाती थी''

''पता नहीं क्या गाती थी। जो कोई बूटी खा लेती है, बहुत गाती है। रोती भी बहुत है।''

बात गाने से रोने पर आ पहुँची थी। इसलिए मैंने अंगूरी से और कुछ न पूछा।

और अब बड़े थोड़े ही दिनों की बात है। एक दिन अंगूरी नीम के पेड़ के नीचे चुपचाप मेरे पास आ खड़ी हुई। पहले जब अंगूरी आया करती थी तो छन-छन करती, बीस गज़ दूर से ही उसके आने की आवाज़ सुनाई दे जाती थी, पर आज उसके पैरों की झाँजरें पता नहीं कहाँ खोई हुई थीं। मैंने किताब से सिर उठाया और पूछा, ''क्या बात है, अंगूरी?''

अंगूरी पहले कितनी ही देर मेरी ओर देखती रही, फिर धीरे से कहने लगी, ''बीवीजी, मुझे पढ़ना सिखा दो।''

''क्या हुआ अंगूरी?''

“मेरा नाम लिखना सिखा दो।”

“किसी को खत लिखोगी?”

अंगूरी ने उत्तर न दिया, एकटक मेरे मुँह की ओर देखती रही।

“पाप नहीं लगेगा पढ़ने से?” मैंने फिर पूछा।

अंगूरी ने फिर भी जबाव न दिया। और एकटक सामने आसमान की ओर देखने लगी।

यह दुपहर की बात थी। मैं अंगूरी को नीम के पेड़ के नीचे बैठी छोड़कर अन्दर आ गई थी। शाम को फिर कहीं मैं बाहर निकली, तो देखा, अंगूरी अब भी नीम के पेड़ के नीचे बैठी हुई थी। बड़ी सिमटी हुई थी। शायद इसलिए कि शाम की ठंडी हवा देह में थोड़ी-थोड़ी कंपकंपी छेड़ रही थी।

मैं अंगूरी की पीठ की ओर थी। अंगूरी के होंठों पर एक गीत था, पर बिलकुल सिसकी जैसा। “मेरी मुन्दरी में लागो नगीनवा, हो बैरी कैसे काटूँ जोवनवाँ।”

अंगूरी ने मेरे पैरों की आहट सुन ली, मुँह फेर देखा और फिर अपने गीत को अपने होंठों में समेट लिया।

“तू तो बहुत अच्छा गाती है, अंगूरी!”

सामने दिखाई दे रहा था कि अंगूरी ने अपनी आँखों में काँपते आँसू रोक लिए और उनकी जगह अपने होंठों पर एक काँपती हँसी रख दी।

“मुझे गाना नहीं आता।”

“आता है...।”

“यह तो...।”

“तेरी सखी गाती थी?”

“उसी से सुना था।”

“फिर मुझे भी तो सुनाओ।”

“ऐसे ही गिनती है बरस की। चार महीने ठंडी होती है, चार महीने गर्मी, और चार महीने बरखा...”

“ऐसे नहीं, गा के सुनाओ।”

अंगूरी ने गाया तो नहीं, पर बारह महीनों को ऐसे गिना दिया जैसे यह सारा हिसाब वह अपनी उँगलियों पर कर रही हो।—

“चार महीने राजा ठंडी होवत है,

थर-थर काँपे करेजवा।

चार महीने राजा गरमी होवत है,

थर-थर काँपे पवनवा।

चार महीने राजा बरखा होवत है,

थर-थर काँपे बदरवा।''

''अंगूरी?''

अंगूरी एकटक मेरे मुँह की ओर देखने लगी। मन में आया कि इसके कन्धे पर हाथ रख के पूछूँ, ''पगली, कहीं जंगली बूटी तो नहीं खा ली?'' मेरा हाथ उसके कन्धे पर रखा भी गया। पर मैंने यह बात पूछने के स्थान पर यह पूछा, ''तूने खाना भी खाया है या नहीं?''

''खाना?'' अंगूरी ने मुँह ऊपर उठाकर देखा। उसके कन्धे पर रखे हुए हाथ के नीचे मुझे लगा कि अंगूरी की सारी देह काँप रही थी। जाने अभी-अभी उसने जो गीत गाया था, बरखा के मौसम में काँपने वाले बादलों का, गरमी के मौसम में काँपने वाली हवा का, और सर्दी के मौसम में काँपने वाले कलेजे का, उस गीत का सारा कंपन अंगूरी की देह में समाया हुआ था!

यह मुझे मालूम था कि अंगूरी अपनी रोटी का खुद ही आहर करती थी। प्रभाती मालिकों की रोटी बनाता था। और मालिकों के घर से ही खाता था, इसलिए अंगूरी को उसकी रोटी का आहर नहीं था। इसलिए मैंने फिर कहाः

'तूने आज रोटी बनाई है या नहीं?''

''अभी नहीं।''

''सवेरे बनाई थी? चाय पी थी?''

''चाय? आज तो दूध ही नहीं था।''

''आज दूध क्यों नहीं लिया था?''

''वह तो मैं लेती नहीं, वह तो...।''

''तू रोज़ चाय नहीं पीती?''

''पीती हूँ।''

''फिर आज क्या हुआ?''

''दूध तो वह रामतारा...''

रामतारा हमारे मुहल्ले का चौकीदार है। सबका साँझा चौकीदार। सारी रात पहरा देता। वह सबेरसार खूब उनींदा होता है। मुझे याद आया कि जब अंगूरी नहीं आई थी, वह सवेरे ही हमारे घरों से चाय का गिलास माँगा करता था। कभी किसी के घर से और कभी किसी के घर से, और चाय पीकर वह कुएँ के पास खाट डालकर सो जाता था। —और अब, जब से अंगूरी आई थी वह सवेरे ही किसी ग्वाले से दूध ले आता था; अंगूरी के चूल्हे पर चाय का पतीला चढ़ाता था, और अंगूरी, प्रभाती ओर रामतारा तीनों चूल्हे के गिर्द बैठकर चाय पीते थे।...और साथ ही मुझे याद आया कि रामतारा पिछले तीन दिनों से छुट्टी लेकर अपने गाँव गया हुआ था।

मुझे दुखी हुई हँसी आई और मैंने कहा, ‘‘और अंगूरी तुमने तीन दिन से चाय नहीं पी?’’

‘‘ना,’’ अंगूरी ने जुबान से कुछ न कहकर केवल सिर हिला दिया।

‘‘रोटी भी नहीं खाई?’’

अंगूरी से बोला न गया। लग रहा था कि अगर अंगूरी ने रोटी खाई भी होगी तो न खाने जैसी ही।

रामतारे की सारी आकृति मेरे सामने आ गई। बड़े फुर्तीले हाथ-पाँव, इकहरा बदन, जिसके पास हल्का-हल्का हँसती हुई और शरमाती आँखें थीं और जिसकी जुबान के पास बात करने का एक खास सलीका था।

‘‘अंगूरी!’’

‘‘जी!’’

‘‘कहीं जँगली बूटी तो नहीं खा ली तूने?

अंगूरी के मुँह पर आँसू बह निकले। इन आँसुओं ने बह-बहकर अंगूरी की लटों को भिगो दिया। और फिर इन आँसुओं ने बह-बहकर उसके होंठों को भिगो दिया। अंगूरी के मुँह से निकलते अक्षर भी गीले थे, ‘‘मुझे कसम लागे जो मैंने उसके हाथ से कभी मिठाई खाई हो। मैंने पान भी कभी नहीं खाया। सिर्फ चाय—जाने उसने चाय में ही...’’

और आगे अंगूरी की सारी आवाज़ उसके आँसुओं में डूब गई।

गुलियाना का एक खत

टहनी पत्तों से भर गई थी, पर उस पर फूल नहीं लगते थे। मैं रोज़ पत्तों का मुँह देखती थी और सोचती थी कि चम्पा कब खिलेगा। गमला कितना भी बड़ा हो, पर गमले में चम्पा नहीं फूलती—मुझे एक माली ने बताया था और कहा था कि इस पौधे की जड़ों को धरती की ज़रूरत होती है। और मैं उस पौधे को गमले में से निकालकर धरती में रोप रही थी कि एक औरत मुझसे मिलने के लिए आई।

"तुम्हें कहाँ-कहाँ से पूछती और कहाँ-कहाँ से खोजती आई हूँ।"

"तुम? नीली आँखों वाली सुन्दरी?"

"मेरा नाम गुलियाना है।"

"फूल-सी औरत।"

"पर लोहे के पैरों चलकर पहुँची हूँ। मुझे दो साल होने को आए हैं, चलते हुए।"

"किस देश से चली हो?"

"यूगोस्लाविया से।",

"भारत में आए कितना समय हुआ?"

"एक महीना। बहुत लोगों से मिली हूँ। कुछ औरतों से बड़ी चाह से मिलती हूँ। तुमसे मिले बगैर मुझे जाना नहीं था, इसलिए कल से तुम्हारा पता पूछ रही थी।"

मैंने गुलियाना के लिए चाय बनाई और चाय का प्याला उसे देते हुए भूरे बालों की एक लट उसके माथे से हटाई और उसकी नीली आँखों में देखा और कहा—"अच्छा, अब बताओ, गुलियाना! तुम्हारे पाँव में लोहे के ही सही, पर ये क्या अभी तुम्हारे हुस्न और तुम्हारी जवानी का भार उठाकर थके नहीं? ये देश-देशान्तर में भटकते क्या खोज रहे हैं?"

गुलियाना ने लम्बी साँस लेकर मुसकरा दिया। जब किसी की हँसी में एक विश्वास घुला हुआ हो, उस समय उसकी आँखों में जो चमक उतर आती है, मैंने वह चमक गुलियाना की आँखों में देखी।

‘‘मैंने अभी तक लिखा कुछ नहीं, पर लिखना बहुत चाहती हूँ। मगर कुछ भी लिखने से पहले मैं यह दुनिया देखना चाहती हूँ। अभी बहुत दुनिया बाकी पड़ी है जो मैंने देखी नहीं है, इसलिए मैं अभी थकने की कहीं। पहले इटली गई थी, फिर फ्रांस, फिर ईरान और जापान...।

‘‘पीछे कोई तुम्हारी बाट देखता होगा?’’

‘‘मेरी माँ मेरी बाट देख रही है।’’

‘‘उसे जब तुम्हारा खत मिलता होगा, तब कितनी चहक उठती होगी वह।’’

‘‘वह मेरे हर एक खत को मेरा आखिरी खत समझ लेती है। उसे यह यकीन नहीं आता कि फिर कभी मेरा और खत भी आएगा।’’

‘‘क्यों?’’

‘‘वह सोचती है कि मैं इसी तरह चलती-चलती रास्ते में कहीं मर जाऊँगी। मैं उसे खूब लम्बे-लम्बे खत लिखती हूँ। आँखें तो वह खो बैठी है, पर मेरे खत किसी से पढ़वा लेती है। इस तरह वह मेरी आँखों से दुनिया को देखती रहती है।’’

‘‘अच्छा, गुलियाना, तुमने जितनी भी दुनिया देखी है, वह तुम्हें कैसी लगी? किसी जगह ने हाथ बढ़ाकर तुम्हें रोका नहीं, कि बस, और कहीं मत जाओ?’’

‘‘चाहती थी कि कोई जगह मुझे रोक ले, मुझे थाम ले, बाँध ले। पर...’’

‘‘ज़िन्दगी के किसी हाथ में इतनी ताकत नहीं आई?’’

‘‘मैं शायद ज़िन्दगी से कुछ अधिक माँगती हूँ—ज़रूरत से ज़्यादा। मेरा देश जब गुलाम था, मैं आज़ादी की जंग में शामिल हो गई थी।’’

‘‘कब?’’

‘‘1941 में हमने लोकराज्य के लिए बगावत की। मैंने इस बगावत में बढ़-चढ़ कर भाग लिया था, चाहे मैं तब छोटी-सी ही रही हूँगी।’’

‘‘वे दिन बड़ी मुश्किल के रहे होंगे?’’

‘‘चार साल बड़ी मुसीबतों भरे थे। कई-कई महीने छिपकर काटने होते थे।

‘‘कई बार दुश्मन हमारा पता पा गए। हमें एक पहाड़ी से चलकर दूसरी पहाड़ी पर पहुँचना होता था। एक रात हम साठ मील चले थे।’’

‘‘साठ मील! तुम्हारे इस नाजुक-से बदन में इतनी जान है गुलियाना?’’

‘‘यह तो एक रात की बात है। तब हम करीब तीन सौ साथी रहे होंगे। पर सारी उमर चलने के लिए कितनी जान चाहिए, और वह भी अकेले!’’

‘‘गुलियाना!’’

‘‘चलो, कोई खुशी की बात करें। मुझे कोई गीत सुनाओ।’

‘‘तुमने कभी गीत लिखे हैं, गुलियाना?’’

‘‘पहले लिखा करती थी। फिर इस तरह महसूस होने लगा कि मैं गीत नहीं लिख सकती। शायद अब लिख सकूँगी।’’

‘‘कैसे गीत लिखोगी, गुलियाना? प्यार के गीत?’’

‘‘प्यार के गीत लिखना चाहती थी, पर अब शायद नहीं लिखूँगी। हालाँकि एक तरह से वे प्यार के गीत ही होंगे, पर उस प्यार के नहीं जो एक फूल की तरह गमले में रोपा जाता है। मैं उस प्यार के गीत लिखूँगी, जो गमले में नहीं उगता, जो सिर्फ धरती में उग सकता है।’’

गुलियाना की बात सुनकर मैं चौंक उठी। मुझे वह चम्पा का पेड़ याद हो आया जिसे अभी-अभी मैंने गमले से निकालकर धरती में लगाया था। मैं गुलियाना के चेहरे की ओर देखने लगी। ऐसा लग रहा था जैसे इस धरती को गुलियाना के दिल का और गुलियाना के हुस्न का बहुत सा कर्ज़ा देना हो। गुलियाना मुझे लेनदार प्रतीत हो रही थी। पर मुझे उसकी ओर देखते लगा कि यह धरती कभी भी उसका ऋण नहीं चुका पाई थी।

‘‘गुलियाना!’’

‘‘मैं इसलिए कहती थी कि मैं शायद ज़िन्दगी से कुछ अधिक चाहती हूँ—ज़रूरत से ज़्यादा।’’

‘‘यह ज़रूरत से ज्यादा नहीं गुलियाना। सिर्फ उतना, जितना तुम्हारे दिल के बराबर आ सके।’’

‘‘पर दिल के बराबर कुछ नहीं आता। हमारे देश का एक लोकगीत है—

‘‘तेरी डोली को कहारों ने उठाया,

खाट को कौन कन्धा दे,

मेरी खाट को कौन कन्धा देगा?’’

‘‘गुलियाना, तुमने क्या किसी को प्यार किया था?’’

‘‘कुछ किया ज़रूर था, पर वह प्यार नहीं था। अगर प्यार होता, तो ज़िन्दगी से लम्बा होता। साथ ही मेरे महबूब को भी मेरी उतनी ही ज़रूरत होती जितनी मुझे उसकी ज़रूरत थी। मैंने विवाह भी किया था, पर यह विवाह उस गमले की तरह था जिसमें मेरे मन का फूल कभी न उगा।’’

‘‘पर यह धरती...’’

‘‘तुम्हें इस धरती से डर लगता है?’’

‘‘धरती तो बड़ी ज़रखेज़ है, गुलियाना। मैं धरती से नहीं डरती, पर—’’

‘‘मुझे मालूम है, तुम्हें जिस चीज़ से डर लगता है। मुझे भी यह डर लगता है। पर इसी डर से रुष्ट होकर तो मैं दुनिया में निकल पड़ी हूँ। आखिर एक फूल को इस धरती में उगने का हक क्यों नहीं दिया जाता!’’

“जिस फूल का नाम ‘औरत’ हो?”

“मैंने उन लोगों से हठ ठाना हुआ है जो किसी फूल को इस धरती में उगने नहीं देते, खासकर उस फूल को जिसका नाम औरत हो। यह सभ्यता का युग नहीं। सभ्यता का युग तब आएगा जब औरत की मरजी के बिना कोई औरत के जिस्म को हाथ नहीं लगाएगा।”

“सबसे अधिक मुश्किल तुम्हें कब पेश आई थी?”

“ईरान में। मैं ऐतिहासिक इमारतों को दूर-दूर तक जाकर देखना चाहती थी, पर मेरे होटलवालों ने मुझे कहीं भी अकेले जाने से मना कर दिया। मैं वहाँ दिन में भी अकेले नहीं घूम सकती थी।”

“फिर?”

“बीच-बीच में कुछ अच्छे लोग भी होते हैं। उसी होटल में एक आदमी ठहरा हुआ था जिसके पास अपनी गाड़ी थी। उसने मुझसे कहा कि जब तक वह होटल में है, मैं उसकी गाड़ी ले जाया करूँ। वह मेरे साथ कभी नहीं गया, पर उसने अपनी गाड़ी मुझे दे दी। ड्राइवर भी दे दिया। मुझे वह सहारा ओढ़ना पड़ा। पर ऐसा कोई भी सहारा हमें क्यों ओढ़ना पड़े?”

“जापान में भी मुश्किल आई?”

“वहाँ मुझे सबसे बड़ी मुश्किल पड़ी। सिर्फ एक रात एक शराबी ने मेरे कमरे का दरवाज़ा खटखटाया था। मैंने उसी समय कमरे में से टेलीफोन करके होटल वालों को बुला लिया था। एक बार फ्रांस में जाने क्या हो जाता, अगर कहीं ज़ोरों की बरसात न शुरू हो गई होती। मैं एक बगीचे में बैठी हुई थी। सामने कुछ दूरी पर एक पहाड़ था। मैं वहाँ जाना चाहती थी। दो आदमी काफी देर से मेरा पीछा कर रहे थे। मैं जानती थी कि अगर मैं पहाड़ की किसी निर्जन जगह पर चली गई, तो ये आदमी वहाँ जाकर जाने क्या करें। पर मेरे दिल में गुस्सा खौल रहा था कि मैं इन गुण्डों से डरकर पहाड़ पर क्यों न जाऊँ। इसलिए मैं बगीचे में से उठकर उस तरफ चल पड़ी। कुछ दूर गई कि ज़ोरों से बरसात होने लगी। मुझे अपने होटल में लौटना पड़ा। पर यह सब गलत है। मैं यही सोचती हुई चलती जाती हूँ कि आखिर यह सब अभी तक इतना गलत क्यों बना हुआ है जब मनुष्य अपने को इतना सभ्य और इतना उन्नत मानने लगा है!”

“तुम अपने गुज़ारे के लिए क्या करती हो, गुल?”

“छोटे-छोटे सफरनामे लिखती हूँ। छपने के लिए अपने देश में भेज देती हूँ। कुछ पैसे मिल जाते हैं। कुछ अनुवाद करके भी कमा लेती हूँ। मुझे फ्रेंच अच्छी आती है। मैं फ्रेंच की पुस्तकों का अपनी भाषा में अनुवाद करती हूँ। वापस जाकर मैं एक बड़ा सफरनामा लिखूँगी। शायद गीत भी लिखूँ। आजकल जब मैं सोती हूँ, तो

एक गीत मेरे दिल में मंडराने लगता है। पर जब मैं जागती हूँ, तो मैं उसे खोज नहीं पाती।''

''अच्छा, गुलियाना, और बातें छोड़ो, मुझे उस गीत की बात सुनाओ। मैंने गीत नहीं कहा, गीत की बात कही है।''

''बात ही तो मुझे अभी तक मालूम नहीं है। मैं वह बात खोज रही हूँ जिसमें से गीत उगते हैं। बिना बात के ही दो पंक्तियाँ जोड़ी हैं। इससे आगे नहीं जुड़तीं। बात के बिना भला गीत कैसे जुड़ेगा?'' गुलियाना ने कहा और एक टूटे हुए गीत की तरह मेरी ओर देखा। फिर गुलियाना ने गीत की दो पंक्तियाँ सुनाई—

''आज किसने आसमान का जादू तोड़ा?

आज किसने तारो का गुच्छा उतारा?

और चाबियों के गुच्छे की तरह बाँधा,

मेरी कमरे से चाबियों को बाँधा?''

और गुलियाना ने अपनी कमर की ओर संकेत कर मुझसे कहा— ''यहाँ चाबियों के गुच्छे की तरह मुझे कई बार तारे बँधे हुए महसूस होते हैं।''

मैं गुलियाना के चेहरे की ओर देखने लगी। तिजोरियों की चाबियों को चाँदी के छल्लों में पिरोकर बना गुच्छा उसने अपनी कमर में बाँधने से इन्कार कर दिया था। और उसकी जगह वह तारों के गुच्छे अपनी कमर में बाँधना चाहती थी। गुलियाना के चेहरे की ओर देखती हुई मैं सोचने लगी कि इस धरती पर वे घर कब बनेंगे जिनके दरवाज़े तारों की चाबियों से खुलते हों।

''तुम क्या सोच रही हो।''

''सोचती थी कि तुम्हारे देश में भी औरतें अपनी कमर में चाबियों का गुच्छा बाँधती है?''

''हमारी माँ-दादियाँ अपनी कमर में चाबियाँ बाँधा करती थीं।''

''चाबियों से घर का ख्याल आता है और घर से औरत के आदिम सपने का।''

''देखो, इस सपने को खोजती-खोजती मैं कहाँ पहुँच गई हूँ। अब मैं अपने गीतों को यह सपना अमानत दे जाऊँगी।''

''धरती के सिर तुम्हारा कर्ज़ और बढ़ जाएगा।''

कर्ज़ की बात सुनकर गुलियाना हँसने लगी। उसकी हँसी उस लेनदार की तरह थी जिसके कागज़ों पर लिखी हुई कर्ज़ की सारी गवाहियाँ झूठी निकल आई हों।

गुलियाना के चेहरे की ओर देखते मुझे ऐसा लगा कि थाने के किसी सिपाही को अगर गुलियाना का हुलिया अपने कागज़ों में दर्ज करना पड़े, तो वह इस तरह लिखेगा :

नाम : गुलियाना सायेनोबिया।

बाप का नाम : निकोलियन सायेनोबिया।

जन्म शहर : मैसेडोनिया।

कद : पाँच फुट तीन इंच।

बालों का रंग : भूरा।

आँखों का रंग : सलेटी।

पहचान का निशान : उसके निचले होंठ पर एक तिल है और बाईं ओर की भौंह पर छोटे-से ज़ख्म का निशान है।

और गुलियाना की बातें सुनते हुए मुझे इस तरह लगा कि किसी दिलवाले इन्सान को अगर अपनी ज़िन्दगी के कागज़ों में गुलियाना का हुलिया दर्ज करना हो, तो इस तरह लिखेगा :

नाम : फूल की महक-सी एक औरत।

बाप का नाम : इन्सान का एक सपना।

जन्म शहर : धरती की बड़ी ज़रखेज़ मिट्टी।

कद : उसका माथा तारों से छूता है।

बालों का रंग : धरती के रंग जैसा।

आँखों का रंग : आसमान के रंग जैसा।

पहचान का निशान : उसके होंठों पर ज़िन्दगी की प्यास है और उसके रोम-रोम पर सपनों का बौर पड़ा हुआ है।

हैरानी की बात यह थी कि ज़िन्दगी ने गुलियाना को जन्म दिया था, पर जन्म देकर उसकी खबर पूछना भूल गई थी। पर मैं हैरान नहीं थी, क्योंकि मुझे मालूम था कि ज़िन्दगी को बिसार देने वाली बड़ी पुरानी आदत है। मैंने हँसकर गुलियाना से कहा—‘‘हमारे देश में एक बूटी होती है जिसे हम ब्राह्मी बूटी कहते हैं। हमारी पुरानी किताबों में लिखा हुआ है कि ब्राह्मी बूटी पीसकर जो कुछ दिन पी ले, उसकी स्मरणशक्ति लौट आती है। मेरा ख्याल है कि ज़िन्दगी को ब्राह्मी बूटी पीसकर पीनी चाहिए।’’

गुलियाना हँस पड़ी और कहने लगी—‘‘तुम जब कोई प्यारा गीत लिखती हो, या कोई भी, जब कोई बड़ा प्यारा लिखता है, तो वह जंगल में से ब्राह्मी बूटी की पत्तियाँ ही तोड़ रहा होता है। शायद कभी वह दिन आएगा जब ज़िन्दगी को हम अपनी बूटी पिला देंगे उसे भूल जाने की यह आदत नहीं रहेगी।’’

गुलियाना उस दिन चली गई, पर ब्राह्मी बूटी की बात पीछे छोड़ गई। मैं जब भी कहीं कोई प्यारा गीत पढ़ती, मुझे उसकी बात याद आ जाती कि हम सब मन

के जंगल में से ब्राह्मी बूटी की पत्तियाँ बीन रहे हैं। हम किसी दिन ज़िन्दगी को शायद इतनी बूटी पिला देंगे कि उसे हम याद आ जाएँगे।

पाँच महीने होने को हैं। मुझे गुलियाना का एक भी खत नहीं मिला। और अब महीने पर महीने बीतते जाएँगे, गुलियाना का खत कभी नहीं आएगा। क्योंकि आज के अखबार में यह खबर छपी हुई है कि दो देशों की सीमा पर कुछ फौजियों ने एक परदेसी औरत को खेतों में घेर लिया। औरत को बड़ी चिन्ताजनक हालत में अस्पताल पहुँचाया गया। अस्पताल में पहुँचते ही उसकी मौत हो गई। उसका पासपोर्ट और उसके कागज़ आग से जली हुई हालत में मिले। औरत का कद पाँच फुट तीन इंच है। उसके बालों का रंग भूरा और आँखों का रंग सलेटी है। उसके निचले होंठ पर एक तिल है और उसकी बाईं भौंह पर एक छोटे-से ज़ख्म का निशान है।

यह अखबार की खबर नहीं! सोच रही हूँ, यह गुलियाना का एक खत है। ज़िन्दगी के घर से जाते हुए उसने ज़िन्दगी को एक खत लिखा है और उसने खत में ज़िन्दगी से, सबसे पहला सवाल पूछा है कि आखिर इस धरती में उस फूल को आने का अधिकार क्यों नहीं दिया जाता जिसका नाम औरत हो? और साथ ही उसने पूछा है कि सभ्यता का वह युग कब आएगा जब औरत की मरजी के बिना कोई मर्द किसी औरत के जिस्म को हाथ नहीं लगा सकेगा? और तीसरा सवाल उसने यह पूछा है कि जिस घर का दरवाज़ा खोलने के लिए उसने अपनी कमर में तारों के गुच्छे को चाबियों के गुच्छे की तरह बाँधा था, उस घर का दरवाज़ा कहाँ है?

करमांवाली

बड़ी ही सुन्दर तन्दूर की रोटी थी, पर सब्ज़ी की तरी से छुआ कौर मुँह को नहीं लगता था।

"इतनी मिर्चें..." मैं और मेरे दोनों बच्चे सी-सी कर उठे थे।

"यहाँ बीबी, जाटों की आवाजाही बहुत है। शराब की दुकान भी यहाँ कोसों में एक ही है। जाट जब घूँट पी लेते हैं, फिर अच्छी मसालेदार सब्ज़ी माँगते हैं।" तन्दूर वाला कह रहा था।

"यहाँ...जाट...शराब..."

"हाँ, बीबी, घूँट शराब का तो सब ही पीते हैं, पर जब किसी आदमी का खून करके आएँ, तब ज़रा ज़्यादा ही पी जाते हैं।"

"यहाँ ऐसी घटनाएँ..."

"अभी तो परसों-तरसों कोई पाँच-छः आ गए। एक आदमी मार आए थे। खूब चढ़ा रखी थी। लगे शरारतें करने। वह देखो, मेरी तीन कुर्सियाँ टूटी पड़ी हैं। परमात्मा भला करे पुलिस वालों का, वह जल्दी पकड़कर ले गए उन्हें, नहीं तो मेरे चूल्हे की ईंटें भी न मिलतीं...पर कमाई भी तो हम उन्हीं की खाते हैं...।"

कौशलिया नदी देखने की सनक मुझे उस दिन चण्डीगढ़ से फिर एक गाँव में ले गई थी। पर मित्रों से चली बात शराब तक पहुँच गई थी। और शराब से खून-खराबे तक। मैं उस गाँव से जल्दी-जल्दी बच्चों को लेकर लौटने को हो गई थी।

तन्दूर अच्छा लिपा-पुता और अन्दर से खुला था। और भीतर की ओर एक तरफ कोई छः-सात खाली बोरियाँ तानकर जो पर्दा कर रखा था, उसके पीछे पड़ी तीन खाटों के पाए बताते थे कि तन्दूर वाले के बाल-बच्चे और औरत भी वहीं रहते थे...। मुझे लगा, इतना बड़ा खतरा नहीं था। वहाँ पर औरत की रिहायश थी, इज़्ज़त की रिहायश थी।

किसी औरत ने टाट का कांटा मोड़ा। बाहर की ओर झाँककर देखा, और फिर बाहर आकर मेरे पास आ खड़ी हो गई।

''बीबी, तूने मुझे पहचाना नहीं?''

''नहीं तो...''

वह एक सादी-सी जवान औरत थी। मैं उसके मुँह की ओर देखती रही—पर मुझे कोई भूली-बिसरी बात भी याद नहीं आई।

''मैंने तो तुझे पहचान लिया है बीबी! पिछले साल, न सच, उससे भी पिछले साल तू यहाँ आई थी न!''

''आई तो थी।''

''सामने मैदान में एक बरात उतरी थी।''

''हाँ, मुझे यह याद है।''

''वहाँ तूने मुझे डोली में बैठी हुई को रुपया दिया था।''

बात याद आई। दो साल पहले मैं चण्डीगढ़ गई थी। वहाँ पर नया रेडियो स्टेशन खुलना था। और पहले दिन के समागम के लिए, मेरे दिल्ली के दफ्तर ने मुझे वहाँ एक कविता पढ़ने के लिए भेजा था। मोहनसिंह तथा एक हिन्दी कवि जालन्धर स्टेशन की तरफ से आए थे। समागम जल्दी ही खत्म हो गया था। और हम तीन-चार लेखक कौशलिया नदी देखने के लिए चण्डीगढ़ से इस गाँव में आए थे।

नदी कोई मील-डेढ़ मील ढलान पर थी, और वापसी चढ़ाई चढ़ते हुए हम सब चाय के एक-एक गर्म प्याले को तरस गए थे। सबसे साफ और खुली दुकान यही लगी थी। यहीं से चाय का एक-एक गर्म प्याला पिया था। उस दिन इस दुकान पर पक रहे माँस और तन्दूरी रोटियों के साथ-साथ मिठाई भी काफी थी। तन्दूर वाला कह रहा था। ''आज यहाँ से मेरी भानजी की डोली गुज़रेगी। मेरा भी तो कुछ करना बनता है न...''

और फिर सामने मैदान में डोली उतरी। डोली किसी पिछले गाँव से आई थी। उसे आगे जाना था। रास्ते में मामा ने स्वागत किया था।

''विवाह भी अजीब चीज़ है, आते वक्त कैसे रंग बाँधता है, और जाते समय...'' हममें से एक ने कहा था। और चाय के घूँटों के साथ रंग की फिलासफी भी गर्म होती गई थी।

''रुको, मैं नई दुल्हन का मुँह देख आऊँ। भला उसके मुँह पर आज कैसा रंग है...'' मुझे याद है मैंने कहा था और आगे से मेरे साथियों ने जवाब दिया था, ''हमें तो कोई डोली के पास नहीं जाने देगा, तुम ही देख आओ—पर खाली हाथों न देखना...''

मैं एक मुस्कराहट लिए डोली के पास चली गई थी। डोली का पर्दा एक तरफ से उठा हुआ था। मैंने पास में बैठी नाइन से पूछा था, ‘‘मैं दुल्हन का मुँह देख लूँ?’’

‘‘बीबी, जी सदके देख—हमारी लड़की तो हाथ लगाए मैली होती है...’’

और सचमुच लड़की की शृंगारपुरी नत्थ में जो मुस्कराहट का मोती चमक रहा था, उसका रंग झलना कोई आसान नहीं था।

मैंने एक रुपया उसकी हथेली पर रखा। और जब लौटी, तो मेरे साथी कह रहे थे, ‘‘क्षण-भर पहले जब तुमने कविता पढ़ी थी, कॉलेज की कितनी लड़कियों ने रुपए-रुपए के नोट पर तुम्हारे हस्ताक्षर करवाए थे।

उस बेचारी को क्या मालूम होगा कि वह रुपया उसे किसने दिया था—

कहीं जानती होती, हस्ताक्षर ही करवा लेती...।

दो साल पहले की बात थी। मुझे पूरी की पूरी याद आ गई।

‘‘तू—वह डोली वाली लड़की?’’

‘‘हाँ बीबी!’’

जाने किस घटना ने उसे दो बरसों में लड़की से औरत बना दिया था। घटना के चिह्न उसके मुँह पर दृष्टिगोचर होते थे, पर फिर भी मुझे सूझता नहीं था कि मैं उसे कैसे पूछूँ?

‘‘बीबी, मैंने तेरी तस्वीर अखबार में देखी थी, एक बार नहीं, दो बार। यहाँ भी कितने ही लोग आते हैं, जिनके पास अखबार होता है, कई तो रोटी खाते-खाते यहीं पर छोड़ जाते हैं।’’

‘‘सच, और फिर तूने पहचान ली थी?’’

‘‘मैंने उसी वक्त पहचान ली थी।—पर बीबी, वे तेरी तस्वीर क्यों छापते हैं?’’

मुझसे जल्दी कोई जवाब न बन पड़ा। ऐसा सवाल पहले कभी किसी ने नहीं किया था। कुछ लजाते हुए मैंने कहा, ‘‘मैं कविताएँ-कहानियाँ लिखती हूँ न...।’’

‘‘कहानियाँ? बीबी, क्या वे कहानियाँ सच्ची होती हैं, या झूठी?’’

‘‘कहानियाँ तो सच्ची होती हैं, वैसे नाम झूठे होते हैं, ताकि पहचानी न जाए।’’

‘‘तू मेरी कहानी भी लिख सकती है बीबी?’’

‘‘अगर तू कहे, तो मैं ज़रूर लिखूँगी।’’

‘‘मेरा नाम करमांवाली (सौभाग्यशालिनी) है। मेरा तो चाहे नाम भी झूठा न लिखना। मैं कोई झूठ थोड़े ही बोलूँगी, मैं तो सच कहती हूँ—पर मेरी कोई सुने भी तो। कोई नहीं सुनता...।

वह मेरा हाथ पकड़कर मुझे टाट के पीछे पड़ी खाट पर ले गई।

‘‘जब मेरी शादी होनी थी न, मेरे ससुराल से दो जनी मेरा नाप लेने आई।

उनमें से एक लड़की मेरी उम्र की थी। बिलकुल मेरे जितनी। वह किसी दूर के रिश्ते से मेरी ननद लगती थी। मेरी सलवार-कमीज नापकर कहने लगी, 'बिलकुल मेरी ही नाप हैं। भाभी, तू चिन्ता न कर, जो कपड़े सीऊँगी, तुझे बिलकुल पूरे आएँगे।'

"और सचमुच वरी के जितने भी कपड़े थे मुझे खूब अच्छी तरह से आते थे। वही ननद मेरे पास कितने महीने रही, और बाद में भी मेरे कपड़े वही सीती रही। मेरा चाव भी बहुत करती थी। मुझे कहा करती थी, 'भाभी, चाहे मैं दो महीने के बाद आऊँ, चाहे छः महीने के बाद, पर तू किसी और से कपड़ा मत सिलाना।...'

"मुझे भी वह अच्छी लगती थी। सिर्फ उसकी एक बात मुझे बुरी लगती थी, मेरा जो भी कपड़ा सीती थी, पहले स्वयं पहनकर देखती थी। कहती थी, 'तेरा-मेरा नाप एक है। देख, मुझे कैसे पूरा है। तुझे भी पूरा आएगा।'

"और सारे कपड़े पहनते समय मेरे मन में आता था, कपड़े भले ही नए हों, पर हैं तो उसके उतारे हुए ही न?"

रस्सी के साथ टंगे हुए टाट का पर्दा था, बान की ढीली-सी खाट थी। खेस भी खस्ता था, लड़की भी अल्हड़ और अपढ़ थी—पर यह ख्याल, इतना नाज़ुक, इतना मुलायम...मैं चौंक उठी।

"पर बीबी, मैंने अपने मन की बात कभी नहीं कही। जाने बेचारी का मन छोटा हो जाए।"

"फिर?"

"फिर मुझे कोई बरस डेढ़-बरस-बाद पता चला, किसी ने बता दिया। उसकी और मेरे घरवाले की लगी हुई थी। यह उसका दादा-पोता के रिश्ते से भाई लगता था। पर एक उसके सगे भाई को यह बात बहुत बुरी लगती थी। वह तो एक बार अपनी बहिन की गर्दन उतार देने लगा था।

"किसी ने मुझे यह भी बताया कि थोड़े समय जब वह बाग गोदने लगी थी, तो उसे फिट आ गया था।" आँसुओं से भीगी करमांवाली ने मेरा हाथ पकड़ लिया। "बीबी, तू मेरी मन की बात समझ ले। मुझसे उतार नहीं पहना जाता—मेरी गोटा-किनारीवाली शलवारें, मेरी तारों जड़ी चुनरियाँ और मेरी सिलमोंवाली कमीज़ें—सब उसका 'उतार' (पहले पहने हुए कपड़े) थे। और मेरे कपड़ों की भाँति मेरा घरवाला भी..."

करमांवाली की आवाज़ के आगे मेरी कलम झुक गई। कौन लेखक ऐसा फिकरा लिख देता।

"अब बीबी, मैं वे सारे कपड़े उतार आई हूँ। अपना घरवाला भी। यहाँ मामा-मामी के पास आ गई हूँ। इनका घर लीपती हूँ, मेज़ धोती हूँ। और मैंने एक

मशीन भी रख छोड़ी है। चार कपड़े सी लेती हूँ, और रोटी खा लेती हूँ। भले ही खद्दर जुड़े, चाहे लट्ठा। मैं किसी का 'उतार' नहीं पहनती।

''मेरा मामा सुलह कराने को फिर रहा है। मेरे मन की बात नहीं समझता। मैं जैसे जी रही हूँ, वैसे ही जी लूँगी। और कुछ नहीं चाहती, तू सिर्फ एक बार मेरे मन की बात लिख दे...!''

करमांवाली के जिस जिस्म के साथ कहानी घटी थी उसे मैंने एक बार अपनी बाँहों में भींचा, कितनी मज़बूत देह थी—कितना मज़बूत मन। यह चौगिर्दा, यहाँ मैं पल-भर पहले मिर्चों से शराब और शराब से खून खराबे पर पहुँचती बात से घबरा गई थी—वहाँ पर करमांवाली कितनी दिलेरी से जी रही थी।

बाहर सड़क पर शिमले से आती मोटरें गुज़रती थीं, और जिनकी सवारियाँ रेशमी कपड़ों में लिपटी हुई, कई बार पल-भर के लिए इस दूकान पर चाय के प्याले के लिए रुक जाती थीं, या सिगरेट की डिब्बी के लिए, या गर्म तन्दूरी रोटी के लिए। वे, जिनके पहन रखे रेशमी कपड़े, जाने किस-किसकी उतार थे।—और करमांवाली उनकी मेज़ पोंछती थी, कुर्सियाँ झाड़ती थी—वह करमांवाली जिसने एक खद्दर की कमीज़ पहन रखी थी, जो अपने जिस्म पर किसी का उतार नहीं पहन सकती थी।

''बीबी, मैंने तेरा वह रुपया सम्भालकर रखा हुआ है।''

''सचमुच? अब तक?''

''हाँ बीबी! वह रुपया मैंने उस समय अपनी नाइन को पकड़ा दिया था—और फिर उसके दूसरे दिन की ही बात थी, जब मैंने तेरी तस्वीर देखी थी। मैंने नाइन से वह रुपया लेकर सम्भाल लिया था। तू बीबी, मुझे उस रुपए पर अपना नाम लिख दे। फिर तू जब मेरी कहानी लिखेगी, मुझे ज़रूर भेजना।''

और करमांवाली ने उठकर खाट के नीचे रखा ट्रंक खोला। ट्रंक में एक लकड़ी की सन्दूकची थी। उसने रुपए का तह किया हुआ नोट निकाला।

''मैं अपना नाम लिख देती हूँ करमांवालिए, मैंने जाने कितनी लड़कियों के नोटों पर अपना नाम लिखा होगा, पर आज मेरा दिल चाहता है, तू मेरे नोट पर अपना नाम लिख दे।''

''कहानी लिखनेवाला बड़ा नहीं होता, बड़ा वह है जिसने कहानी अपने जिस्म पर झेली है।''

''मुझे अच्छी तरह से लिखना नहीं आता।'' करमांवाली लजा-सी गई और फिर बोली—''मेरा नाम कहानी में ज़रूर लिखना।''

''हाँ, मैं वही नाम, तेरे हाथों लिखा हुआ तेरा नाम, अपनी कहानी का नाम रखूँगी।'' मैंने पर्स से नोट भी निकाल लिया और कलम भी।

करमांवालिए! आज तेरी कहानी लिख रही हूँ। वही रुपए के नोट पर लिखा हुआ तेरा नाम, आज इस कहानी के माथे पर पवित्र टीके की भाँति लगा हुआ है।

यह कहानी तेरा कुछ नहीं सँवारेगी। पर यह भरोसा रखना, वे दिल भी इस तेरे टीके को प्रणाम करते हैं, जिनके खून का रंग इस तेरे टीके के रंग से मिलता है।—और वे माथे भी एक लज्जा से इसके आगे झुकते हैं, जिन्होंने अपने गलों में जाने किस-किसके 'उतार' पहन रखे हैं।

छमक छल्लो

''**त**निक निकट आना छल्लो की माँ! देखो न ज़रा, आज तो मेरा घुटना बहुत ही सूज गया है।'' कहते हुए छल्लो के वृद्ध पिता ने अपनी टाँग को फैलाकर देखा। टाँग में ज़ोर की टीस हुई और उसने पुनः अपनी टाँग समेट ली।

वृद्ध हुकमचन्द की पहली पत्नी का देहान्त हो गया था। वह थी छल्लो की माँ। उसके पश्चात् हुकमचन्द ने अपने धन के ज़ोर से एक युवती, करतारो से शादी कर ली थी और विवाह के दो दिन बाद ही वह उसे 'छल्लो की माँ' कहकर पुकारने लगा था। करतारो को यह अच्छा नहीं लगा था और उसने कुछ गुस्से में आकर उससे कहा था, ''सीधी तरह मेरा नाम लेकर बुलाया करो। मुझे नहीं अच्छा लगता हर समय छल्लो की माँ, छल्लो की माँ...।''

''भाग्यवान्, मैं जो ठहरा छल्लो का बाप, तो फिर तू ही बता, तू हुई कि नहीं छल्लो की माँ? मैंने कोई बुरी बात कही है?'' वृद्ध हुकमचन्द कई बार करतारो के कहने पर 'सीधी तरह' उसे उसका नाम लेकर ही पुकारने लगा था, परन्तु फिर भी कभी-कभी भूले-भटके उसके मुँह से निकल ही जाता था, 'छल्लो की माँ'।

छल्लो उसकी बड़ी लाड़ली बेटी थी। उसने उसका नाम कौशल्या रखा था। परन्तु लाड़ से वह उसे 'छल्लो' कहकर पुकारा करता था, 'छल्लो की माँ' का सम्बोधन सुन करतारो क्रोध में आ जाती थी, और तब हुकमचन्द हँसता हुआ उसे कहा करता था, ''एक बेटा पैदा कर दो' फिर मैं तुम्हें उसकी माँ कहकर बुलाया करूँगा। अच्छा, क्या नाम रखोगी उसका? चंनन नाम रखना उसका। फिर मैं तुमको आवाज़ दिया करूँगा, चंनन की माँ, ओ चंनन की माँ'' यह सुनकर करतारो चाहे कितना ही गम्भीर बनने का प्रयत्न करती, फिर भी उसे हँसी आ जाती।

वर्षों व्यतीत हो गए, परन्तु 'ओ चंनन की माँ' कहकर हुकमचन्द करतारो को सम्बोधन न कर सका। करतारो के घर कोई चंनन पैदा ही न हुआ। हुकमचन्द उसे 'सीधी तरह' करतारो ही कहता रहा। हाँ, कभी-कभी उसके मुँह से निकल ही जाता था 'छल्लो की माँ।'

फिर देश का विभाजन हो गया। पश्चिमी पंजाब में रहनेवाला हुकमचन्द पूर्वी पंजाब, करनाल, में आ गया। हुकमचन्द ने जिस धन के ज़ोर से करतारो के यौवन को अपनी वृद्धावस्था से बांध रखा था, वह ज़ोर भी अब टूट गया था। पति-पत्नी के सम्बन्धों का धागा तो अभी उसी प्रकार था, परन्तु अब इस धागे को स्थान-स्थान पर गाँठ देनी पड़ती थी। हुकमचन्द के हाथों से अब धन की लाठी छूट गई थी, अतः उसका बुढ़ापा बहुत काँपने लगा था। घुटनों की पीड़ा ने उसे और भी बेकार कर दिया था।

''अय छल्लो की माँ!'' इस बार हुकमचन्द ने थोड़ी ज़ोर से आवाज़ दी।

''न छल्लो की माँ मरेगी और न उसका छुटकारा होगा। बोलो, क्या बात है?'' करतारो अपने दुपट्टे से हाथ पोंछती हुई रसोई से बाहर आई।

''यूँ ही बुरे बोल न बोला कर। एक 'छल्लो की माँ' तो मर गई—मेरी लाड़ली बेचारी छल्लो की माँ। अब दूसरी को भी क्यों मारती है।''

''हाँ, पहली को भी जैसे मैंने ही मारा है—तुम्हारी लाड़ली छल्लो की माँ को। न वह पहली मरती न यह दूसरी आती। आप तो वह मरकर सुख की नींद सो गई और यह सब काँटे बटोरने के लिए मुझे छोड़ गई।''

''तू काँटे न बटोरा कर भाग्यवान्, यह तेरे बस की बात नहीं। तू अपना काम किया कर—काँटे चुभोया कर।''

''मैं तुम्हें भी काँटे चुभोती हूँ और तुम्हारी नाजुक छल्लो को भी। तुम्हें चारपाई पर बैठे को थाली परोसकर देती हूँ, तुम्हारी लाड़ो बेटी को खाना बनाकर खिलाती हूँ। यह सब मैं बाप-बेटी को काँटे ही तो चुभोती हूँ।''

''तुम क्यों कष्ट सहती हो करतारो! मैंने तुम्हें कई बार कहा है, अब आप ही लड़की चार रोटियाँ बना लिया करेगी।''

''रोटियाँ बनाने की उसकी नीयत भी हो। चार टोकरियाँ लेकर जाती है और सारा दिन घर से बाहर ही बिताकर आती है।''

''मैंने तुम्हें कई बार कहा है कि अब उसे टोकरियाँ बेचने मत भेजा करो। स्थान-स्थान के यात्री खरे-खोटे सभी। यदि उसके साथ कुछ अच्छी बुरी हो गई तो—''

''छल्लो के बापू, मैंने तुम्हें कई बार कहा है कि यह नसीहत तू मुझे उस समय देना, जब चार पैसे कमाकर मेरी हथेली पर रखे। यहाँ चारपाई पर बैठे-बैठे ऐसे ही बोलते रहते हो। मैं... ।'' और करतारो सिसकियाँ लेकर रोने लगी।

'सच कहती है करतारो। मैं इसे किस मुँह से कहूँ। पैसे ने भी साथ छोड़ दिया शरीर ने भी। अब यह मीठा बोले अथवा कड़वा, दो रोटियाँ तो समय पर सेंक ही देती है।' हुकमचन्द के मन में टीस उठने लगी। फिर उसने बड़ी नम्रता से करतारो से कहा, ''मेरे लिए लहसुन डालकर तेल गर्म कर दो। मैं बैठकर घुटनों को मलता

रहूँगा। साथ ही ईश्वर के लिए उड़द-चने की दाल मत बनाना। यह साली मेरे शरीर को खाये जा रही है।''

''उड़द-चने की दाल क्यों? मैं आज माँस पकाऊँगी।''

''माँस! सच, तुमने तो आज मेरे मन की बात पकड़ ली! शायद एक वर्ष हो गया, माँस की शक्ल नहीं देखी। प्रतिदिन यह जली हुई दाल...वैद्य भी कहता था, 'हुकमचन्द, यदि तन्दुरुस्त होना है, तो शोरबा पिया करो।' ज़रूर पकाओ आज माँस'' फिर हुकमचन्द ने अपने घुटनों की ओर देखा और उसे ऐसा महसूस हुआ, जैसे उसके मुँह की जगह उसके घुटनों को माँस का स्वाद आ गया हो।

''हाँ, हाँ आज शोरबा पीना। मैं अपना सिर काटकर उबाल दूँगी।''

''आय-हाय तुम जब भी बोलोगी, बुरे बोल ही बोलोगी। शायद मेरे भाग्य से चार की बजाय आज बीस टोकरियाँ बिक जाएँ। अरी छल्लो, मेरी छमक छल्लो! ले बेटा, आज तू मेरी बात रख लेना। मेरी बीस टोकरियाँ बेचना, पूरी बीस, और आते समय कोने वाली दुकान से पूरा आधा सेर माँस ले आना। जा बेटा, जा। मोटरों के आने का समय हो गया है। और देखना, आते समय प्याज, लहसुन, अदरक, हरी मिर्च सब कुछ लेकर आना नहीं तो यह तेरी माँ माँस को उबालकर ऐसा ही रख देगी।''

ऐसा लगता था कि छल्लो अपने बाप के मुँह से यह बातें सुनकर बहुत हँसेगी, परन्तु छल्लो उसी प्रकार सिर नीचा किए टोकरियों को निरखती रही।

''किसी को टोकरी खरीदनी भी हो, तो वह इसकी सूरत देखकर नहीं खरीदता। हर समय तने घूँसे की तरह मुँह बनाकर रखती है।'' करतारो के खौलते गुस्से ने जैसे अब हुकमचन्द का पीछा छोड़ दिया हो और छल्लो के पीछे पड़ गया हो।

''क्या हुआ है लड़की की सूरत को करतारो? तुम तो हर समय इसको टोकती रहती हो...। तुमसे तो अच्छा ही मुँह है इसका।''हुकमचन्द ने जैसे करतारो के सारे गुस्से को फिर अपनी ओर मोड़ना चाहा।

परन्तु करतारो का गुस्सा इतनी जल्दी मुड़ने वाला नहीं था। वह उसी तरह छल्लो की ओर देखकर कहने लगी, ''ज़रा हँसकर किसी से बात करे तो कोई एक की जगह दो चीज़ें खरीद ले। इतनी मोटरें यहाँ से गुजरती हैं। अन्दर भी सामान और बाहर भी सामान। क्या वे लोग दो टोकरियाँ खरीदकर नहीं रख सकते? इन टोकरियों का भी कोई भार होता है। फिर ऐसी रंग-बिरंगी टोकरियाँ। पर यह कुछ मुँह से बोले तभी न। जितनी देर मोटरवाले बाहर खड़े होकर चाय-पानी पीते हैं उतनी देर यह ज़रा उनसे मीठी बात करे, हँसकर बोले, तो देखो कौन टोकरी नहीं खरीदता...।''

छल्लो सब कुछ इस तरह सुनती रही, जैसे उसने अपने कानों में रूई नहीं, कपड़ा ठूंस रखा हो। आगे वह कई बार कह चुकी थी, ''माँ, कोई नहीं खरीदता

ये टोकरियाँ। ये लारी और बस वाले तो चाहे कोई टोकरी खरीद भी लें, पर ये मोटर वाले तो इनकी ओर देखते भी नहीं। इनके पास जाओ तो खाने को दौड़ते हैं और कहते है, हाथ मत लगाओ शीशे को, मैला हो जाएगा, ज़रा दूर खड़ी रहो। उनके पास जाने की कोई कैसे हिम्मत करे?'' परन्तु माँ ने छल्लो की कोई दलील नहीं सुनी। जो गुस्सा उसे मोटरवाले पर आना चाहिए था, वह छल्लो पर ही आ जाता था। वह हमेशा यही कहती, तुझे ढंग भी हो बेचने का! थोड़ा हँसकर बात किया कर। तू तो लोटे की तरह मुँह बनाकर खड़ी हो जाती है। कौन तेरे हाथों टोकरी खरीदेगा!''

छल्लो ने सचमुच कई बार कोशिश की थी कि उसका मुँह लोटे की तरह न बने। और वह मोटरों के शीशे के पास खड़ी हो कितने ही दिन मुस्कराती रही, एक बार नहीं, पूरे तीन बार उसे किसी न किसी मोटरवाले ने कहा था, ''ऐसे क्यों दाँत निकाल रही है। आजकल कौन खरीदता है इन टोकरियों को! कोई जाट गँवार लेते होंगे।'' और अब कई दिनों से छल्लो लाख यत्न करती, परन्तु उसका मुँह लोटे की तरह ही बना रहता।

''वह खसमखाना, क्या नाम है उसका? वह जो अखबार बेचता है? रत्ना... रत्ना। उसे देखकर तो इसके होंठ अपने-आप ही फड़क उठते हैं। उस समय इसे कैसे हँसने का ढंग आ जाता है?''

''करतारो! यों ही मुर्गे की तरह मिट्टी न उड़ा।'' हुकमचन्द ने धमकाकर कहा।

''मैं कोई बुरी बात कह रही हूँ? रानी को शौक तो चढ़ा है इश्क करने का, पर अपने आशिक का घर-बाहर तो देख लेती। टके-टके के अखबार बेचता है वह। कल को कहाँ से खिलायेगा इसे?''

करतारों की बात अभी समाप्त नहीं हुई थी कि छल्लो ने सिर पर चुन्नी ली और टोकरियों का ढेर सिर पर उठा मोटरों के अड्डे की ओर चल पड़ी।

'टके-टके के अखबार बेचता है!' माँ की बात छल्लो के कानों में एक फुँसी की तरह दर्द करने लगी। पर जब वह मोटरों के अड्डे पर पहुँची, तो उसे आती-जाती और खड़ी मोटर का ध्यान न रहा। वह अपनी टोकरियों के ग्राहक ढूँढने के स्थान पर उसकी सूरत ढूँढने लगी जो टके-टके के अखबार बेचता था।

''आज तू देर से आई है छल्लो?'' रत्ना पीछे की ओर से आकर छल्लो के सामने खड़ा हो गया।

''मैं...'' छल्लो तबक गई, फिर रत्ना के मुँह की ओर देखकर उसे महसूस हुआ कि अब मुँह लोटे की तरह नहीं रहा। ''मैं एक टोकरी बुन रही थी। यह देख, आज मैंने इसमें हरे फूल डाले है। कितनी सुन्दर है यह टोकरी!''

''छल्लो!''

‘‘हाँ!’’

‘‘टोकरी तू हमेशा ही सुन्दर बनाती है, पर हर ऐरे-गैरे के पास जाकर तेरा टोकरी दिखाना मुझे अच्छा नहीं लगता।’’

‘‘तू भी हर ऐरे-गैरे के पास जाकर अखबार दिखाता है।’’ और छल्लो हँस पड़ी।

‘‘मेरी बात और है छल्लो। मैं मर्द हूँ। मेरा अखबार कोई खरीदे या न खरीदे, पर मेरे मुँह की ओर कोई नहीं देखता।’’

‘‘और मेरे मुँह की ओर कौन देखता है? मेरा तो लोटे जैसा मुँह है।’’ छल्लो खिलखिलाकर हँस पड़ी।

‘‘इस तरह किसी पराए के सामने मत हँसना। टोकरियों के स्थान पर वह...।’’

‘‘हश!’’ और फिर छल्लो का हँसता हुआ चेहरा गम्भीर हो गया। ‘‘क्या करूँ रत्ने, लोगों के सामने तो मेरा मुँह लोटे की तरह बन जाता है और माँ कहती है कि तू सबके साथ हँसा कर।’’

रत्ला ने छल्लो के हाथ से सब टोकरियाँ छीन लीं ‘‘मैं तुझे नहीं बेचने दूँगा ये टोकरियाँ।’’ एक बन्द दुकान की ओर इशारा करके वह बोला, ‘‘तू वहाँ चुपचाप बैठ जा। मैं आज सभी अखबार बेच लूँगा।’’

‘‘और फिर उन पैसों से तू मेरी टोकरियाँ खरीद लेगा। आगे भी तू कई बार इस तरह कर चुका है, रत्ला! कब तक इस तरह करेगा? क्या तुझे घर में टोकरियों का अचार डालना है?’’

‘‘हाँ, हाँ, मुझे टोकरियों का अचार डालना है। नहीं तो किसी दिन तेरी माँ तेरा अचार डाल देगी। यह एक लारी आई है, तू यहीं ठहर, मैं अभी आता हूँ अखबार बेचकर।’’ रत्ला शीघ्रता से टोकरियाँ छल्लो को पकड़ाकर उस लारी की ओर चला गया।

छल्लो के मन में आया कि वह भी उसके पीछे-पीछे उस लारी की ओर जाए। शायद वहाँ कोई टोकरी का ग्राहक भी हो। पर छल्लो से रत्ला के हुकम जैसी बात टाली न गई। वह टोकरियों को एक ओर रखकर उस दूकान के तख्ते पर बैठ गई।

‘‘ताराचन्द नाम के आदमी ने छुरी से अपनी औरत की नाक काट दी। बाईस वर्ष की सुन्दरी की नाक काट दी। पूरी खबर पढ़िए...।’’ दूर रत्ला की आवाज़ आ रही थी।

लोग जल्दी-जल्दी रत्ला से अखबार खरीद रहे थे। छल्लो की हँसी फूट रही थी। ‘‘गरम-गरम खबरें...साइन्स की एक नई ईज़ाद...।’’ कई बार रत्ला कहा करता था और वह तिब्बत के दलाईलामा की और रूस के राकेटों की बातें ऊँची-ऊँची

आवाज़ में सुनाया करता था, परन्तु आज छल्लो की हँसी फूट रही थी, ''भला यह भी कोई सुनने लायक बात है? किसी बेवकूफ ने अपनी सुन्दर पत्नी की नाक काट दी।...''

ड्राइवर ने लारी का हार्न दिया। सभी सवारियाँ पुनः लारी में बैठ गईं। रत्ना शीघ्रता से छल्लो के पास वापस आ गया और बोला,''आज बहुत-से अखबार पहली और दूसरी लारी में ही बिक गए।''

''तू तो प्रार्थना करता होगा कि रोज़ कोई मर्द अपनी औरत की नाक काट दिया करे!'' छल्लो हँस पड़ी।

''औरत की नाक कटे या अपनी अकल, अखबार तो इसी तरह की खबरों से बिकता है। देख नहीं रही थी, लोग कैसे मेरे हाथों से अखबार छीन रहे थे।''

''क्यों रत्ना, लोगों को यह बात इतनी मज़ेदार क्यों लगी? औरत की जाने कोई गलती थी भी कि नहीं। अगर हो भी, तो भी इसमें क्या मर्दानगी है कि औरत का दिल न जीता गया तो उसकी नाक ही काट दी। ऐसा लगता है, जैसे यह खबर सुनकर इन लोगों के मन में भी मर्दानगी जाग उठी हो।''

रत्ना हँसने लगा। दोनों शायद इसी प्रकार अभी बातों में ही लगे रहते, परन्तु इसी समय एक लारी और आ गई, साथ ही एक-दो मोटरें भी आ गईं।

''मैं भी तनिक चक्कर लगा आऊँ,'' रत्ना ने कहा।

''मैं भी ज़रा मोटर देख आ ऊँ शायद कोई...''

''नहीं, छल्लो, तू नहीं...।''

''पागल हो गया है रत्ना! ऐसे हाथ पर हाथ धरकर बैठी रहूँगी, तो...।''

''मैंने तो तुम्हें कहा है। आज मैं तुम्हारी छः टोकरियाँ खरीद लूँगा, मेरी छमक छल्लो।'' और रत्ना ने प्यार से मुँह चिढ़ाया।

''नहीं, रत्ना नहीं, रोज़-रोज़ ऐसे नहीं। और आज तो बापू ने कहा था कि पूरी बीस टोकरियाँ बेचना।'' यह कहती हुई छल्लो मोटर की ओर चली गई और रत्ना लारी की ओर दौड़ गया।

''पूरा आध सेर माँस, प्याज, लहसुन, अदरक...।'' छल्लो सोच रही थी कि कितना अच्छा हो, आज यदि वह अपने बापू के लिए यह सब कुछ खरीदकर ले जा सके!

'किसी को टोकरी खरीदनी भी हो, तो वह इसकी सूरत देखकर नहीं खरीदता। तनिक किसी से हँसकर बात करे, तो कोई एक की जगह दो खरीद ले। यह तो लोटे जैसा मुँह बनाए रहती है...!'' माँ करतारों के सभी बोल छल्लो के कानों में तिनकों की तरह चुभ रहे थे।

छल्लो ने मोटरवाले बाबू की ओर देखा और सोचा, यदि सामने मोटर में रत्ना

बैठा हो, तो वह उसे देखकर कितनी खुश हो! साथ ही छल्लो ने महसूस किया कि अब उसका मुँह लोटे की तरह नहीं था ।

"बाबू, बहुत सुन्दर टोकरी है ।"

"कौन-सी टोकरी?" बाबू गाड़ी में बैठे-बैठे ही बोला, और फिर कहने लगा, "मुझे तो सिर्फ सोडा चाहिए, टोकरी-वोकरी नहीं । जाओ, सामने की दुकान से एक गिलास में सोडा ओर बरफ डलवा लाओ ।"

"सोडा और बरफ," छल्लो ने सामनेवाले दुकानदार को बाबू का सन्देश दे दिया । वह फिर मोटर के पास वापस आ गई । "बहुत सुन्दर टोकरी है, बाबू!" छल्लो ने खिड़की के खुले शीशे में से अपनी सबसे सुन्दर टोकरी बाबू के आगे करते हुए कहा ।

बाबू ने टोकरी की ओर नहीं देखा । वह छल्लो को देखते हुए कहने लगा, "टोकरी है तो बड़ी सुन्दर!"

"खरीद लो न, बाबू । सिर्फ छः आने... ।" साथ ही छल्लो ने बड़ा यत्न किया कि उसका मुँह लोटे जैसा न बन जाए ।

सामने की दुकान का लड़का सोडा-बरफ ले आया । बाबू ने अपनी गाड़ी में पड़ी हुई एक टोकरी खोली और व्हिस्की की बोतल निकालकर उसमें सोडा मिलाया । फिर वह घूँट पीता हुआ छल्लो से कहने लगा,

"सिर्फ छः आने,"

"हाँ बाबू, सिर्फ छः आने, और दो ले लो, तो दस आने ।"

"अगर चार ले लूँ तो?"

"चार!" छल्लो अपनी उँगलियों पर पैसे गिनने लगी । साथ ही उसे खयाल आया "माँ करतारो सच ही कहती है कि यदि मैं हँसकर किसी से टोकरी खरीदने के लिए कहूँ तो... ।"

बाबू अपना गिलास खत्म कर चुका था । खाली गिलास और सोडे के पैसे सामनेवाले दुकानदार के नौकर को देकर उसने गाड़ी स्टार्ट कर ली ।

"बाबू, टोकरी?" छल्लो की आशा बुझने लगी ।

"टोकरी तो मैं ले लूँ, लेकिन मेरे पास टूटे हुए पैसे नही ।"

"मैं सामने किसी दुकान से नोट तुड़वा लाती हूँ ।" छल्लो ने बड़ी जल्दी से कहा ।

"इन छोटी-छोटी दुकानों पर नोट नहीं टूटेगा । मेरे पास कोई छोटा नोट नहीं, सभी सौ-सौ के नोट हैं ।" छल्लो ने निराश होकर अपनी बाँह पीछे कर ली ।

"हाँ, एक बात हो सकती है," बाबू ने कुछ सोचकर कहा ।

छल्लो की आशा जाग पड़ी ।

''बाहर की बड़ी सड़क पर पेट्रोल का एक पम्प है। मैं वहाँ से पेट्रोल भी ले लूँगा और नोट भी तुड़वा लूँगा।''

''लेकिन पता नहीं, वह कितनी दूर है। मैं...।''

''तुम वहाँ तक गाड़ी में बैठ चलो। बहुत सुन्दर टोकरियाँ है। मैं बहुत-सी खरीद लूँगा।'' और साथ ही बाबू ने कार का दरवाज़ा खोल दिया।

छल्लो के पाँव कुछ रुके। परन्तु उसके पिता की इच्छा उसके पाँवों को आगे ढकेलती रही...। 'अरी छल्लो, मेरी छमक छल्लो! ले बेटा, आज तू मेरी बात रख लेना। पूरी बीस टोकरियाँ...।'' और छल्लो शीघ्रता से कार में बैठ गई।

कार चली, तेज़ हुई, और तेज़ हो गई। फिर पक्की सड़क पर जाती हुई कार कच्ची सड़क की ओर हो ली।

''बाबू, कहाँ है पैट्रोल पम्प?'' छल्लो ने घबराकर पूछा। फिर उसकी साँस बाबू की बाँहों में घुट गई। छल्लो के सिर में कुछ चक्कर आए और फिर उसकी बाँहें बाबू की बाँहों से हार गईं।

जब छल्लो को होश आया, तो वह एक वृक्ष के नीचे अस्त-व्यस्त सिकुड़ी पड़ी थी। वहाँ कार नहीं थी। कोई बाबू नहीं था। छल्लो ने अपने कपड़ों की ओर देखा। सामने पड़ी हुई टोकरियों की ओर देखा। सब कुछ मिट्टी में लथपथ हो रहा था।

टोकरियाँ छल्लो से उठाई न गई। मुश्किल से उसकी टाँगों ने उसका ही भार उठाया और वह कच्ची सड़क पर मन-मन के कदम धरती पक्की सड़क तक पहुँच पाई। एक राह चलती लारी खड़ी हो गई। कंडक्टर ने पूछा, ''करनाल?'

छल्लो ने एक बार लारी को देखा, फिर सर हिलाया, ''हाँ।''

और जब छल्लो से किसी ने पैसे माँगे, तो वह चौंक पड़ी। उसके पास तो लारी का भाड़ा नहीं था। एकाएक उसे याद आया, कल जेब में तीन-चार आने थे। उसने जेब टटोली। जेब में पैसे तो नहीं थे, परन्तु एक दस रुपए का नोट था।

छल्लो के मन में आया कि अच्छा हो, यदि वह लारी से कूद जाए, गिरकर मर जाए और नोट के भी टुकड़े-टुकड़े हो जाएँ।

कंडक्टर न छल्लो को सोच में पड़ी देख खुद ही उसके हाथ से नोट ले लिया और बोला, ''भाड़ा तो कुल पाँच ही आने है, लेकिन मैं तुम्हारा नोट तोड़ देता हूँ।'' और फिर उसने जितने पैसे छल्लो को वापस दिए, उसने चुपचाप जेब में डाल लिए।

''गिन लो अच्छी तरह,'' कंडक्टर ने कहा। छल्लो शायद उस समय खिड़की में अपना सिर रखकर सो गई थी।

लारी करनाल के अड्डे पर खड़ी हो गई। कुछ सवारियाँ उतरीं, छल्लो भी

उतरी और फिर अनमनी-सी घर की गली की ओर चल पड़ी। गली के कोने में माँस की दुकान थी। छल्लो के पाँव रुक गए।

''आधा सेर माँस'' छल्लो ने धीरे से कहा और जेब से पैसे निकाले।

छल्लो ने घर जाकर जब रसोई में माँस रखा और साथ ही प्याज, लहसुन, अदरक और हरी मिर्च भी रखी, तो उसकी माँ करतारो पुलकित हो उठी, ''आज तूने कितनी टोकरियाँ बेच लीं?''

''सभी,'' छल्लो ने धीरे से कहा और फिर वह नहाने के लिए बाल्टी भरने लगी।

''वह रत्ना आया था, तेरी तलाश करता...।''

''अच्छा।'' छल्लो ने आगे कुछ नहीं पूछा। माँ ने भी और कुछ न कहा। छल्लो ड्योढ़ी का दरवाज़ा बन्द करके नहाने लगी।

छल्लो जिस समय नहा-धोकर, कपड़े बदलकर रसोई में आई, करतारो हाँडी में माँस भून रही थी।

''देख लो, आज घर बसता हुआ दिखाई दे रहा है न! जिस घर में छौंक की सुगन्ध नहीं आती, धरम की बात है, वह घर घर ही नहीं!'' छल्लो का बापू बोला और फिर छल्लो की ओर देखकर उसने बड़े लाड़ से कहा, ''मेरी छमक छल्लो''

छल्लो ने जलते चूल्हे की ओर देखा। चूल्हे का सारा बदन आग की तरह जल रहा था। ऊपर हाँडी रखी थी। छल्लो को महसूस हुआ, जैसे उस हाँडी में उसकी मुस्कराहट भूनी जा रही है।

''उठ, मेरी बेटी, नई टोकरी बनानी शुरू कर दे। मैंने पत्ते पानी में भिगो रखे हैं।'' जिस प्रकार करतारो ने छल्लो को आज बेटी कहा था, इस प्रकार पहले कभी नहीं कहा था।

हुकम की बाँधी छल्लो मूढ़े पर बैठ गई। उसने हाथ में पत्ते पकड़ लिए और सुआ भी। परन्तु उसे महसूस हुआ कि आज से खेतों में वे पत्ते उगेंगे, जिससे टोकरियाँ बनाई जाती हैं...आज से रत्ना के बेचने के लिए अखबार नहीं छपेंगे...और यह खबर भी कहीं नहीं छपेगी कि ''एक बाबू ने एक लड़की की हत्या कर दी।''

अमाकड़ी

किशोर के होंठ जवानी के रोष और बेबसी के गर्म पानियों में उबल रहे थे। और इन होंठों से जब उसने अपनी विवाह की पहली रात में अपनी बीवी के जिस्म को छूआ, उसे लगा कि वह एक कच्चा शलजम खा रहा था।

किशोर के बाप ने आज सारी हवेली का मुँह-माथा बिजली की रोशनी से सँवारा हुआ था, पर किशोर के सोने के कमरे को आज सारी हवेली से विशिष्ट रूप देने के लिए किशोर की बहनों ने और किशोर की भाभियों ने, जिनमें उसके दोस्तों की बीवियाँ भी शामिल थीं, और जिनके साथ उसके दोस्त भी मिले हुए थे, मोमबत्तियों की रोशनी चुनी थी।

किशोर ने मोमबत्तियों की रोशनी में अपनी बीवी के मुँह की ओर देखा। उसकी बीवी के गोरे-गोरे मुख पर एक मुस्कान थी। फिर किशोर ने मोमबत्तियों के मुख की ओर देखा, मोमबत्तियों के गालों पर पिघलती मोम के आँसू बह रहे थे। और किशोर का दिल किया, कि वह अपनी सारी की सारी बीवी को झकझोर कर कहे कि यह देख इन मोमबत्तियों के आँसू तुम्हारी एक मुस्कान का मूल्य चुका रहे हैं।

किशोर ने अपनी जुबान दाँतों के नीचे दबा ली। उसे लगा कि अभी उसकी बीवी खिलखिलाकर हँस उठेगी और कहेगी, 'आज इस हवेली की बैठक को तो देखा। अगर एक कोने में रेडियो-ग्राम पड़ा है तो दूसरे कोने में रेफरीजरेटर रखा हुआ है। तीसरे कोने में कपड़ों से भरे-पूरे ट्रंक पड़े हैं और चौथा कोना पलंगों और अलमारियों से भरा हुआ है। और हवेली के दरवाज़े पर खड़ी मोटर—ये सब चीज़ें तुम्हारे दिल का मूल्य चुका रही हैं।''

किशोर ने एक-एक कर सारी मोमबत्तियाँ बुझा दीं जैसे हाथ से उनके आँसू पोंछ लिए हों। और फिर उसे लगा कि इस अँधेरे ने अपने रूमाल से उसकी बीवी की मुस्कान को ढंक दिया था।

काफी देर बाद जब किशोर को यह लगा कि घर के सारे लोग उसकी बीवी

की तरह सो गए थे, वह धीरे-धीरे अपने बिस्तर से उठा और हल्के से कमरे का दरवाज़ा खोलते हुए हवेली के बगीचे में चला गया।

हवेली का माथा बिजली की बत्तियों में चमक रहा था। बड़े मालिक के हुक्म के मुताबिक यह रोशनी पूरी रात इसी तरह रहनी थी। किशोर ध्यानपूर्वक हथेली को देखने लगा और फिर देखते-देखते उसे अमाकड़ी के गले में पहनी हुई कुड़ती याद हो आई। काले सूप की छोटी-सी कुड़ती जो सीप के सफेद बटनों से मढ़ी हुई थी।

किशोर को अपनी ननिहाल याद आई। अपने ननिहाल गाँव का अजरा जाट याद आया। और इस अजरे जाट की बेटी अमाकड़ी याद आई।

किशोर जब कालेज में पढ़ता था, एक बार अपनी माँ के कहने पर गर्मी की छुट्टियों में अपनी ननिहाल चला गया था और फिर पूरे तीन सालों के लिए उसने सारी की सारी छुट्टियाँ अपनी ननिहाल गाँव के लेखे लगा दी थीं।

''अमाकड़ी—यह भला तुम्हारे माँ-बाप ने तुम्हारा क्या नाम रखा है?'' किशोर ने उससे पूछा था।

''हमारे गाँव में आम बहुत होते हैं। लोग उन्हें चूसते भी हैं, उनका अचार भी डालते हैं, उनका मुरब्बा भी डालते हैं, उनकी चटनी भी बनाते हैं और उनकी फाँकें सुखाकर मर्तबान भर लेते हैं—मेरी माँ ने मुझे भी आम की एक फाँक समझ लिया और मेरा नाम अमाकड़ी रख दिया था।'' उस तीखी, पतली और साँवली लड़की ने बड़े भोलेपन से किशोर को जवाब दिया।

पहले साल की छुट्टियाँ तो पूरी हँसी-खेल में बीत गई थीं, सिर्फ इतना फरक पड़ा था कि शहर से गाँव जाते समय किशोर ने माँ को जो बात कही थी, ''मैं तुम्हारी बात नहीं मोड़ता, पर इतनी बात अभी बता देता हूँ कि मुझसे गाँव में अधिक दिन नहीं कटेंगे। पाँच-सात दिन रहूँगा और फिर बाकी की छुट्टियाँ बिताने के लिए मैं किसी दोस्त के पास चला जाऊँगा।'' वह बात किशोर को याद न रही।

गाँव में बहुत-से-आम के बाग थे। एक बाग अमाकड़ी का भी था। किशोर सारा दिन आम के उस बाग में बैठा रहता था। यहीं बैठकर पढ़ता था और दुपहर को आमों की छाया में चारपाई डालकर वहाँ सो रहता था। दुपहर को चलती लू में चाहे ज़मीन गर्म हो जाती थी पर घड़ों का पानी ठंडा हो जाता था। अमाकड़ी ने उसके लिए अपने बाग में एक कोरा घड़ा ला रखा था, जिस पर उसने 'चप्पनी' के स्थान पर काँसे का एक चमकता कटोरा औंधा धरा हुआ था।

न मालूम दुपहर की लू के हाथों, या कोरे घड़े की सुगन्ध के हाथों, या काँसे के चमकते कटोरे के हाथों, किशोर को बार-बार प्यास लग आती थी। और जब

वह आमों की रखवाली करती बैठी हुई अमाकड़ी को पानी पिलाने के लिए कहता था तो अमाकड़ी हर बार उसे कहती थी ''किशोर बाबू, तुम्हें हर समय प्यास ही लगी रहती है?'' और अमाकड़ी की हँसी उसके हाथ में पहनी हुई चूड़ियों की तरह खनक उठती थी।

किशोर को पूरी की पूरी अमाकड़ी आम की एक टहनी जैसी लगती थी। अमाकड़ी अपने गले में कच्चे हरे रंग की कमीज़ पहनती थी, जो किशोर को टहनी के हरे पत्तों जैसी लगती थी। और जिस दिन जब कभी यह अपनी कमीज़ बदल आती थी, किशोर उसे उस कमीज़ की याद दिला दिया करता था और फिर अगले दिन अमाकड़ी उस कमीज़ को धो-सुखाकर फिर पहन आती थी।

बस, इस तरह पहले साल की छुट्टियाँ हँसी-खेल में ही बीत गई थीं। किशोर शहर लौट आया था। और शायद कोई नन्ही-सी, कोयल-सी अमाकड़ी का आकर्षण भी अपने साथ ले आया था, जिसे उसने सिर्फ उस समय महसूस किया जब अगले साल की छुट्टियाँ हुईं और किशोर फिर ननिहाल चला गया था।

इस बार जब उसने गाँव जाकर अमाकड़ी को देखा, उसे लगा कि पिछले साल तो तीखी-सी, पतली-सी और साँवली-सी अमाकड़ी आम की टहनी-सी लगती थी, इस बार वह पूरे आम का पौधा बन गई थी। घने पत्तों जैसे बाल अमाकड़ी के माथे पर गिर रहे थे। और इस बार उसकी आँखें बिल्कुल ऐसी थीं जैसे किसी ने आम की फाँकें काटकर उसके मुख पर रख दी हों।

किशोर अमाकड़ी के मुख की ओर देखता रह गया था और किशोर को उस समय होश आई जब अमाकड़ी ने घबराकर अपने दोनों हाथों से अपनी आँखें ढँक ली थीं। आम की फाँकें ढँक ली थीं और फिर जल्दी से आमों के बाग से भाग गई थी।

वैसे दूसरे दिन किशोर ने देखा था कि पेड़ों की छाया में उसके लिए एक नई खाट डाली हुई थी और खाट के पाए के पास पानी से भरा हुआ एक कोरा घड़ा रखा हुआ था। और उस दिन दुपहर को अमाकड़ी जब अपने बाग में आई थी उसने गले में कच्चे हरे रंग की कमीज़ पहनी हुई थी और हाथों में उसी रंग की काँच की चूड़ियाँ पहनी हुई थीं।

इन छुट्टियों में अमाकड़ी के लिए किशोर की भूख जगी हुई थी और फिर यह भूख उसकी आँतों में सुलगने लगी थी। इसी भूख के हाथों दुखी होकर एक दिन किशोर ने अमाकड़ी की बाँह पकड़ ली थी, अमाकड़ी ने बाँह छुड़ाकर कहा था, ''किशोर बाबू! आम की इस फाँक को खाकर तुम्हारा क्या सँवरेगा? आज तुम इसे चखोगे और दूसरे दिन एक छिलके की तरह फेंक जाओगे।'' अमाकड़ी ने अपना मुँह परे कर लिया था और किशोर का मुँह भूख से तड़पता रह गया था।

यूँ छुट्टियाँ हँसी-खेल में नहीं बीती थीं, बल्कि आँसुओं की तैयारी में बीती थीं। इस बार किशोर जब शहर लौटा था, कुछ आहें वह अपने साथ ले आया था, और कुछ आहें वह अमाकड़ी को दे आया था।

और फिर वह अगले साल की गर्मियों का इन्तज़ार न कर पाया था। सर्दी की छुट्टियाँ चाहे थोड़ी थीं, पर वह काँपते पैरों से अपनी ननिहाल पहुँच गया था और अपनी जेब में वह दुनिया के सारे इकरार भर कर ले गया था। और इस बार अमाकड़ी ने उसके लिए अपने मन की फाँक चीरकर अपने तन की थाली में परस दी थी।

और फिर अगले साल जब गर्मी की छुट्टियाँ हुई थीं, किशोर फुर्ती से अपनी ननिहाल गया था, तो उसने अमाकड़ी को, आम की फाँक को, अपनी दोनों आँखों से चूमकर कहा था :

"आज तुम्हारे घुँघराले बाल मुझे शहद के छत्ते-से दिखाई देते हैं और तुम्हारे होंठ कोरा शहद!"

"और मेरी आँखें? ये शहद की मक्खियाँ नहीं लगतीं तुम्हें? छत्ते को सम्भालकर हाथ डालना।..."

अमाकड़ी ने उत्तर दिया था और किशोर को सचमुच लगा कि जैसे आँखें शहद की मक्खियों की तरह उसके दिल को लड़ गई हों और अब उसके दिल पर एक सूजन चढ़ी जा रही थी।

आम की फाँक को शहद का छत्ता बने अभी थोड़े ही दिन हुए थे जब किशोर ने एक दिन उसके ताज़े धुले बालों को सूँघकर उससे कहा था :

"शराब मैंने कभी पी नहीं, पर तुम्हें देखते ही मेरे होश-हवास खो जाते हैं।"

और इस तरह अमाकड़ी का रूप इस तरह हो गया था जैसे वह आमों के रस को, शहद की बूँदों को और शराब की घूँटों को मिलाकर खा गया हो।

उस बार किशोर जब अमाकड़ी से बिछड़ने लगा था, अमाकड़ी की बाँहें उसके बदन से छूटते समय ऐंठ गई थीं। और बावरी हुई अमाकड़ी ने किशोर की बाँहों पर जगह-जगह अपने दाँत सटाकर लाल निशान उघाड़ दिए थे और कहा था, "ये अनार के फूल जितने दिन तुम्हारी बाँहों पर खिले रहेंगे, मुझे उतने दिन तो याद करोगे।"

"मेरी जंगली बिल्ली, मेरी हलकाई बिल्ली," और किशोर ने अपनी बाँहों पर उभरे लाल फूलों को चूमकर एक आम की फाँक का, एक शहद के छत्ते का, और एक शराब की सुराही का एक नया रंग देखा था।

उन गर्मियों में बरसात कुछ जल्दी पड़ गई थी। और उस दिन अमाकड़ी ने

शाम की हल्की सर्दी में अपने गले में काले सूप की वह कुड़ती पहनी हुई थी, जिसकी सारी छाती सीप के सफेद बटनों से मढ़ी हुई थी।

अमाकड़ी के कानों में चाँदी की बालियाँ थीं, और हाथों में काँच की चूड़ियाँ थीं, बस यही मुट्ठी भर बटनों का, तोला भर चाँदी का और थोड़े-से काँच का शृंगार करके अमाकड़ी खड़ी हुई थी। उस दिन किशोर को पहली बार एक अल्हड़ गँवारिन लड़की के शृंगार का और पढ़ी-लिखी शहरी लड़कियों के शृंगार का फर्क समझ में आया। उस दिन से लेकर किशोर को अपने शहर की और अपने कालेज की सभी लड़कियाँ कोट-हैंगरों की सी दिखाई देने लगी थीं, उन हैंगरों पर कोई तरह-तरह के फैशनों के कपड़े सीकर टाँग देता है।

फिर किशोर के मन की यह खुशबू और अमाकड़ी के मन की यह खुशबू गाँव से उड़ती-उड़ती शहर में आ पहुँची थी, और जब किशोर के बाप को इस बात का पता लगा था, तो उसने किशोर की माँ को पास बिठाकर कहा था, ‘‘एक बार अगर कोई मुहब्बत के कुएँ में गिर पड़े तो फिर वह किसी से नहीं निकाला जाता। यूँ ही बेटे को न गँवा लेना। जल्दी से विवाह का रस्सा डाल दे और इसे कुँए से निकाल ले।’’

यह नहीं था कि किशोर ने हाथ-पाँव नहीं मारे थे, पर उसके माँ-बाप की ज़िद एक तैराक की तरह हाथ में शादी का रस्सा लेकर इस कुएँ में उतर पड़ी थी और किशोर को कस-बाँधकर इस कुएँ में से निकाल लाई थी।

आज विवाह की पहली रात थी और किशोर अमाकड़ी को इस तरह याद कर रहा था जैसे कुएँ की जगत पर खड़ा होकर कुएँ में झाँक रहा हो। अब उसे मालूम था कि अगर वह चाहे तो लौटकर वह इस कुएँ में नहीं गिर सकता था, क्योंकि अब उसकी गर्दन में उसके विवाह का रस्सा बँधा हुआ था। पर फिर भी अभी वह कुएँ की जगत से नहीं उतर पा रहा था। शायद इस कुएँ का जो पानी उसने पिया था, वह पानी उसकी नाड़ियों से अपना हक माँग रहा था।

रात शायद खत्म होने पर आई थी। हवेली की बत्तियाँ एक-एक कर बुझने लगी थीं। और किशोर को लगा कि अमाकड़ी के गले में पहनी हुई कुड़ती से कोई सीप के बटनों को एक-एक करके उतार रहा था।

सबेर-सार जब किशोर की बहनों और भाभियों ने रात के जगने से किशोर की लाल हुई आँखें देखीं—तो वे हँसी से दुहरी होती किशोर को छेड़ने लगीं, ‘‘आपकी ही दुल्हन थी, कहीं भाग तो नहीं चली थी। इतनी क्या पड़ी थी सारी रात जगने की!’’ तो किशोर ने मुँह नहीं खोला था। पर फिर जब किशोर की बहनों ने दहेज में आए हुए रेफरीज़रेटर को बड़े चाव से खोलते हुए किशोर से पूछा था, ‘‘आज

वीरजी, इसमें कौन-कौन सी चीज़ें रखें?'' तो किशोर का भींचा हुआ मुँह खुल गया, ''इसमें शलजम रख दो।'' किशोर ने कहा और एक ओर चला गया।

कितने ही दिन बीत गए। आमों का मौसम आया। घर के सब लोगों ने आमों को दिल भरकर फ्रिज में ठंडा किया, पर किशोर ने आम को मुँह न लगाया। सवेरे की चाय के समय अगर मेज़ पर शहद पड़ा होता, किशोर बिना चाय पिए कमरे से चला जाता। किशोर के दोस्त आते, फ्रिज में शराब की बोतलें रखते, पर किशोर ने कभी कसम खाने को भी एक घूँट न भरा—और जब एक बार उसकी बहन खीझ उठी, उसकी भाभियाँ गुस्से हो गईं, और उसके दोस्त उसपर बरस पड़े, तो सिर्फ एक बार किशोर के मुँह से निकला, ''तुम मुझे कोई चीज़ न दिया करो खाने के लिए, बस शलजम दे दिया करो, शलजम। मैं सिर्फ शलजम खाने लिए जन्मा हूँ।''

फिर गर्मियाँ आ गईं। किशोर के ससुराल वालों ने किशोर का और उसकी बीवी का कमरा एयर-कण्डीशण्ड करवा दिया। उन्होंने कहा था हमारी गुल्लो को गर्म कमरे में रहने की आदत नहीं।

किशोर जब कारखाने से उठकर, दुपहर का खाना खाने के लिए घर आता तो रोज़ उसकी बीवी उसे ठण्डे कमरे में थोड़ा आराम करने को कहती। किशोर ने अपने मन में धार लिया था कि मैं एक मर्द नहीं, मैं एक बैल हूँ। मैं सारी उमर चुप रहकर शलजम चरता रहूँगा, और आँखों पर पट्टी बाँधकर उसी जगह पर घूमता रहूँगा जहाँ मेरी बीवी मुझे घुमाएगी। इसलिए किशोर ने कभी अपनी बीवी का कहा नहीं मोड़ा था।

फिर कुछ दिन के बाद किशोर को लगा कि उसके सारे अँग सोते जा रहे हैं। वह घड़ी-पल के लिए आराम को लेटता तो सारा दिन पलंग पर पड़ा रहता। अब उसे अमाकड़ी भी याद नहीं आती थी। उसका लहू ठंडा होता जा रहा था। उसके ख्याल सुन्न होते जा रहे थे। वह बर्फ का एक टोटा बनता जाता था।

किशोर की सेहत की सबको चिन्ता हुई। एक डाक्टर आता तो एक जाता। बड़ी गर्म दवाइयाँ किशोर के गले से उतरतीं। वह भी गले से नीचे उतरते-उतरते बर्फ की गोलियाँ बन जाती थीं।

फिर एक घटना घट गई। किशोर की ननिहाल से खत आया कि किशोर को शायद गाँव की खुली हवा माफिक आ जाएगी, और उसकी ननिहाल वालों ने उसे बुला भेजा। किशोर ने खत पढ़ा, पर उसके सुन्न अँगों में कोई हरकत न हुई। पर उस रात किशोर को एक सपना आया। सपने में उसकी खाट आम के पेड़ों के नीचे डाली हुई थी। खाट के पाए के पास एक कोरा घड़ा रखा हुआ था। घड़े पर काँसे का कटोरा औंधा पड़ा था और अमाकड़ी जब कटोरे में पानी डालकर किशोर को

देने लगी, कटोरा उसके हाथ से गिर गया और अमाकड़ी एक कोयल बनकर उसके पास से उड़ गई।

कोयल की कूकों से किशोर की आँख खुल गई। अपने ठंडे ठरे हाथों से जब किशोर ने अपने मुख को टटोला तो गर्म आँसू उसकी आँखों से बह रहे थे।

किशोर घबराकर पलंग पर उठ बैठा, और उसे ख्याल आया कि अगर वह इसी घड़ी, इसी पल इस कमरे से न निकला तो मुश्किल से पिघले हुए ये आँसू उसकी हड्डियों की तरह, उसके घुटनों की तरह और उसके ख्यालों की तरह जम जाएँगे। और फिर वह स्टेशन की ओर चल निकला। उस ओर चल पड़ा, जिस ओर से कोयल की कूक आ रही थी।

दूसरे दिन दुपहर के समय किशोर जब आमों के बाग में पहुँचा, सचमुच ही उस जगह पर एक खाट डाली हुई थी, जो जगह पूरे तीन साल उसके लिए रक्षित रही थी। किशोर के पैर ठिठक गए, 'जाने आज मेरी इस खाट पर कौन लेटा हुआ है।''

और फिर खाट पर जो कोई लेटा हुआ था, उसने करवट बदली और किशोर के कानों में चूड़ियाँ खनक उठीं। किशोर ने आगे बढ़कर अमाकड़ी के पाँवों को छुआ और जब अमाकड़ी ने चौंककर अपने पैर परे किए तो किशोर ने देखा कि अमाकड़ी अब आम की फाँक नहीं थीं, आम का छिलका थी। अब शहद का छत्ता नहीं थी, शहद की मक्खी थी। और अमाकड़ी अब शराब की सुराही नहीं थी, सुराही का ठीकरा थी।

''किशोर बाबू...'' अमाकड़ी ने कोयल की कूक की तरह कहा।

किशोर ने घुटनों के बल बैठ अपना सिर खाट पर रख दिया।

''अब तू यहाँ किसलिए आया?'' अमाकड़ी ने बिलखकर पूछा।

''ठंडी यख दुनिया में मैं जम गया हूँ। मैं गर्म लू की तलाश में आया हूँ–'' किशोर ने खाट से सिर उठाकर कहा और फिर अमाकड़ी के हाथ को अपने काँपते हाथ में लेकर कहने लगा, ''आखिर मैं एक इन्सान हूँ।''

''एक इन्सान, एक मर्द।'' अमाकड़ी ने धीरे से कहा।

''एक इन्सान, एक मर्द।'' किशोर ने अमाकड़ी के शब्दों को दुहराया।

''जो मुहब्बत के आसन से उठकर विवाह की वेदी पर जा बैठे, वह इन्सान होता है? वह मर्द होता है?'' और अमाकड़ी ने किशोर की बाँह पर एक जानवर की तरह झपटकर अपने सारे दाँत गड़ा दिए।

किशोर अपनी बाँह पर उभरे खून के फूल को देखने लगा और थकी हुई, टूटी हुई अमाकड़ी सिरहाने पर सिर रखकर कहने लगी, ''यह अनार का फूल नहीं, यह ज़हर का फूल है। तू मुझे जंगली बिल्ली कहा करता था न, हलकाई बिल्ली...''

“मुझे सचमुच तुम्हारे हलकाए होंठों का ज़हर चढ़ गया है—अमाकड़ी! इस दुनिया में मेरी कोई दवा नहीं।” किशोर ने तड़पकर कहा।

“कोई हलकाया हुआ जानवर काट जाए तो तुम्हें मालूम है कि चौदह टीके लगवाते हैं। अभी तो तुमने एक ही टीका लगवाया है। अभी तो तुमने एक ही विवाह किया है न। कम से कम चौदह तो कर ले...।”

और अमाकड़ी की आँखें बौरा गईं।

एक रूमाल, एक अँगूठी, एक छलनी

कच्ची पहली से लेकर आठवीं तक बन्ती हमारे साथ पढ़ती रही थी। अभी वह पाँचवीं में पहुँची ही थी, उसके पिता उसे स्कूल से छुड़ाने के लिए आ गए। हमारे स्कूल की बड़ी उस्तादनी ने बन्ती की फीस माफ कर दी और यों उसे स्कूल न छोड़ने दिया।

सातवीं और आठवीं कक्षा की लड़कियाँ देखने में एकसाथ एक कमरे में बैठती थीं, पर आधी छुट्टी के समय आठवीं की लड़कियाँ हम सातवीं की लड़कियों को अपने पास नहीं फटकने देती थीं। हमेशा अलग होकर बातें करती रहतीं। हम सातवीं की लड़कियाँ जब उनके निकट जातीं तो वे हमें दूर हटा देतीं। हमें आठवीं की लड़कियों पर गुस्सा आता था और हम सोचती थीं कि हम जब आठवीं में होंगी तो सातवीं की लड़कियों के साथ कभी इस तरह नहीं करेंगी।

और फिर हम आठवीं कक्षा में चढ़ीं। गर्मियों की छुट्टियों के बाद जब स्कूल खुले, हमसे भी वही बात हो गई, जो हमने सोचा था कि हम कभी नहीं करेंगी। यह तेरहवाँ-चौदहवाँ वर्ष, पता नहीं, कैसा होता है! यह शायद एक देहलीज़ होती है बचपन और जवानी के बीच में। इस वर्ष लड़कियों का एक पाँव देहलीज़ के इधर और एक पाँव देहलीज़ के उधर होता है।

इन गर्मी की छुट्टियों में बन्ती को एक पड़ोसी लड़का सवाल समझाता रहा था। हर रोज़ छुट्टी के समय बन्ती हमें छिप-छिपकर उसकी बातें सुनाया करती थी। अब हम आठवीं की लड़कियाँ आधी छुट्टी के समय सातवीं की लड़कियों को पास फटकने नहीं देती थीं।

जिस दिन बन्ती हमें उस लड़के की बात न सुनाती, हमें ऐसा लगता जैसे उस दिन स्कूल में आधी छुट्टी हुई ही नहीं थी।

"मेरी तो हँस-बोल लेने की प्रीत है, और मुझे क्या लेना है उससे! और उसने क्या लेना है मुझसे!" कभी-कभी बन्ती हमें इस तरह कहकर टालने लग गई थी।

बन्ती लाख टालती, पर उसके चेहरे से हमें प्रतीत होने लगा था कि वह हँस-बोल

लेने की प्रीत अब बन्ती के कण्ठ में से होकर उसके दिल में उतरने लग गई थी। तभी तो अक्सर उसकी जुबान खुश्क हो जाती और वह ज़्यादा बातें नहीं कर पाती थी!

एक दिन उस पगली ने अपने हाथ में पेंसिल पकड़ी और गणित की कापी पर कोई बीस जगह उसका नाम लिख दिया—'राजू...राजू...राजू।' हमारी उस्तादनी ने उसकी कापी देख ली। कक्षा में तो उसे कुछ न कहा, पर जब आधी छुट्टी हुई तो उसे अपने कमरे में बुलाया और कमरे का दरवाज़ा बन्द कर लिया। बन्ती की मानो शामत आई हुई थी। पर हम तो बन्ती की सहेलियाँ थीं। हम सबके चेहरे उतरे हुए थे। काफी समय के बाद जब बन्ती बाहर आई तो रो-रोकर उसकी आँखें लाल हो चुकी थीं। कापी पर जहाँ-जहाँ राजू का नाम लिखा था, उस्तादनी ने रबर से उसे मिटा दिया था।

आठवीं कक्षा जब एक नाव की तरह वार्षिक परीक्षा के किनारे लग गई तो सभी लड़कियाँ यात्रियों की तरह एक-दूसरे से अलग हो गईं। हमारा यह स्कूल तो आठवीं कक्षा तक ही था। बहुत-सी लड़कियाँ अलग-अलग स्कूलों में दाखिल हो गईं। बन्ती सिलाई के स्कूल में चली गई।

दो साल बाद मुझे बन्ती के विवाह का कार्ड मिला। और लड़कियों को भी गया होगा। मैंने जल्दी से कार्ड पर लड़के का नाम पढ़ा, लिखा हुआ था—'कर्मचन्द'।

कार्ड पर 'राजू' की बजाय यद्यपि 'कर्मचन्द' लिखा हुआ था तो भी वह विवाह का कार्ड था, और हरएक विवाह को बधाई लेने का हक होता है। मैं भी बन्ती के विवाह पर गई, उसे बधाई देने के लिए।

बन्ती के हाथों में मेहंदी, बन्ती की बाँहों में कलीरे। मैंने बन्ती को बधाई दी।

मैं बन्ती से उस हँस-बोल लेने की प्रीत के बारे में कोई बात नहीं करना चाहती थी, पर कुछ देर बाद वही मुझे एक तरफ ले गई और बोली :

"मेरी एक चीज़ सम्भालकर रख लोगी?"

"क्या?"

"एक रूमाल।"

मुझे यह पूछने की ज़रूरत नहीं थी कि रूमाल किसका है। रूमाल राजू का ही हो सकता था।

"इसमें ऐसी कौन-सी बात है। रूमाल तुम अपनी और चीज़ों के साथ ही कहीं रख लो न!"

"पर उसके एक कोने में उसका नाम लिखा हुआ है।"

"किसी को क्या पता, वह किसका नाम है?"

‘‘सिर्फ ‘राज’ लिखा होता—कोई देखता, पूछता, तो मैं कह देती, मेरी सहेली का नाम है। पर ‘राजू’ लिखा हुआ है। राजू तो लड़कियों का नाम नहीं होता!’’

‘‘किस चीज़ से लिखा हुआ है?’’

‘‘उसने एक दिन पेन्सिल से लिख दिया था। मैंने सुई लेकर धागे से कढ़ाई कर दी!’’

‘‘धागा उधेड़ डालो!’’

‘‘उधेड़ डालूँ? यह तो मुझे ख्याल ही नहीं आया!’’ बन्ती ने एक लम्बी साँस भरी। कहने लगी, ‘‘तुम्हें याद है, एक दिन हमारी उस्तादनी ने रबर लेकर मेरी कापी में से उसका नाम ही मिटा डाला था? आज मैं उसी तरह से उसका नाम उधेड़ देती हूँ।’’

मेरा मन भर आया। बन्ती ने मेरे सामने ट्रंक में से सुर्ख रेशमी रूमाल निकाला और सुई लेकर उसपर कढ़ा राजू का नाम उधेड़ने में लग गई। बन्ती ने ही तो उसका नाम काढ़ा था! बन्ती ही की कापी पर से उसकी उस्तादनी ने राजू का नाम मिटा डाला था। विवाह के कार्ड पर समाज ने राजू का नाम न लिखने दिया; और आज वही बन्ती मेंहदी लगे हाथों से रूमाल पर से उसका नाम उधेड़ रही है।

‘‘चलो, छोड़ो अब इन बातों को। तुम खुद तो कहा करती थीं, ‘यह हँस-बोल लेने की प्रीत है’...’’

‘‘सोचा तो यही था पर यह हँस-बोल लेने का प्यार मेरी हड्डियों में समा गया है। लहू में रच गया है।’’ बन्ती की आँखें भर आईं।

‘‘सुना है तुम्हारे ससुरालवाले बहुत अमीर हैं! अच्छे कर्मोंवाली हो तुम? उसका नाम भी कर्मचन्द...।’’ कितनी देर बाद मैंने बात को मोड़ा।

‘‘नामों से भी कर्म बनते हैं?’’ बन्ती ने सिर्फ इतना ही कहा।

‘‘कभी चिट्ठी लिखा करोगी, या शाहनी बनकर हम सबको भूल जाओगी?’’

‘‘कहीं भूलना अपने बस में होता!’’ बन्ती ने एक लम्बी आह भरी। इस समय भी शायद उसके मन में सहेलियों का ख्याल नहीं था, सिर्फ राजू का ख्याल था।

‘‘राजू को तुम चाहे भूलो, न भूलो, पर चिट्ठी तो तुम उसे लिख नहीं सकोगी! हमें कभी-कभी लिख दिया करना, चाहे चिट्ठी में राजू की ही बातें लिखना!’’

‘‘अच्छा, कभी-कभी मन की भड़ास निकाल लिया करूँगी, पर एक बात है।’’

‘‘क्या?’’

‘‘तुम मुझे उसकी बात कभी न लिखना। पता नहीं वे लोग कैसे हैं! बिल्कुल गाँव में रहते हैं। सुना है, चिट्ठी भी वहाँ हफ्ते में दो बार जाती है। पते पर जिला, तहसील, डाकखाना, गाँव और न जाने क्या-क्या लिखना पड़ता है! शायद वे लोग मेरी चिट्ठी को पढ़कर ही मुझे दिया करेंगे!’’

बन्ती को ससुराल गए आज पन्द्रह वर्ष हो गए हैं। पहले चार-पाँच वर्षों में उसने मुझे कुछ पत्र लिखे। ज़्यादा नहीं, पर जितने भी लिखे उनमें उसके मन की भड़ास थी। मैं बन्ती को हमेशा जवाब देती रही, पर उसके कहने के मुताबिक सिर्फ रसमी किस्म के ही जवाब उसके पास पहुँचते रहे। कभी उसके मन की बातों का जवाब नहीं लिखा।

फिर दस वर्ष, बन्ती को पता नहीं क्या हुआ, उसने मुझे कोई पत्र न लिखा। मैंने समझा, अब वह अपने परिवार में खो गई होगी। मैंने भी कभी उसे पत्र न लिखा। सोचा, कहीं मेरा पत्र उसकी किसी सोई हुई पीड़ा को न जगा दे।

पर आज बन्ती का अचानक पत्र आया है। पता नहीं यह कैसा पत्र है! इसमें सिर्फ उसके मन की आवाज़ नहीं, इसमें जैसे हर स्त्री के मन की आवाज़ हो।

मेरा मन भरा हुआ है। उसने मुझे जवाब देने से रोका है, नहीं तो आज मैं उसे बहुत लम्बा पत्र लिखती और मेरा मन हल्का हो जाता।

आज मैंने उसके सारे पुराने पत्र निकाले हैं, (बीच के दो-तीन पत्र नहीं मिल रहे) और आज का पत्र भी सामने रखा हुआ है। एक बार सारे पत्रों को पढ़ रही हूँ। एक स्त्री के मन की आवाज़...।

........!

कैसा गाँव है! जो आज का काम, वही कल का काम। यह पता नहीं लगता कि आज कौन-सा दिन है! सिर्फ जब गाँव में डाकिया आता है तो पता लगता है कि आज मंगलवार है या शनिवार। यहाँ पूरे हफ्ते में दो-बार डाकिया आता है, जैसे शहरों में तेल-ताँबा माँगनेवाले हफ्ते में दो बार आते हैं।

जब डाकिया आता है, मुझे ऐसा लगता है मानो वह कह रहा है, ‘मंगलवार, टले भार तेल-ताँबे का दान!’ या ‘शनिवार, टले भार तेल-ताँबे का दान!’ पर वे लोग पता नहीं कैसा तेल-ताँबा दान करते हैं जिन्हें उनके मित्रों के, प्यारों के पत्र आते हैं। मैं किसके पत्र के लिए डाकिए का रास्ता देखूँ?

अच्छा तुम्हीं मुझे दो शब्द लिख देना। कोई बात न लिखना पत्र में। बस, इतना ही कि तुम्हें मेरा पत्र मिल गया। मैं इतनी बात के लिए ही डाकिये का रास्ता देखूँगी।

तुम्हारी
बन्ती

........!

तुमने बारात में मेरा ससुर देखा था, खिज़ाब-रंगी दाढ़ीवाला! अगर तुम मेरी सास को देखो तो सच कहती हूँ, हैरान रह जाओ। सास तो क्या, अभी वह पुत्रवधू भी नहीं लगती, बिलकुल क्वारी लगती है। उम्र में वह मुझसे तीन-चार ही वर्ष बड़ी

होगी, पर शारीरिक तौर पर बहुत कोमल है, पतली-सी लचकती हुई हिरनी जैसी। चाहे वह मेरी सौतेली सास है, पर है तो सास ही न! अगर वह मेरी सास न होती तो सच कहती हूँ उसे अपनी सहेली बना लेती।

आज मंगलवार था। डाकिये को आना था। मुझे ख्याल आया, शायद तुम्हारा पत्र आए। मैं दरवाज़े में खड़ी होकर डाकिये का रास्ता देखने लगी। मेरी सास भी मेरे पास आकर खड़ी हो गई।

डाकिया आया। उसने मुझे एक पत्र दिया। मैंने सास के चेहरे की ओर देखा। उसका चेहरा बहुत ही उदास था। ऐसे लगता था। जैसे आज ज़रूर ही किसी का पत्र उसके लिए आना था पर आया नहीं।

‘‘भाभी, कोई चिट्ठी आनी थी तुम्हारी?’’ मैंने उसे इतनी उदास देखकर पूछा।

‘‘मुझे किसकी चिट्ठी आएगी?’’ पहले तो उसने यह कहा और फिर कहने लगी, ‘‘आनी तो थी एक चिट्ठी, पर आई नहीं।’’

‘‘किसकी चिट्ठी?’’ मैंने फिर पूछा।

‘‘ईश्वर की चिट्ठी! और मुझे किसकी चिट्ठी आएगी?’’ लगता था वह अभी रो पड़ेगी, पर वह रोई नहीं। या ऐसा रोना रोई जो किसी को दिखाई नहीं दिया! देखा, हम स्त्रियाँ कैसा रोना रो सकती हैं! कभी-कभी मेरा दिल करता है, मैं भी ज़ोर से रोऊँ और वह भी ज़ोर-ज़ोर से रो सके।

तुम्हारी
बन्ती

.........!

सच मानो, जब से यहाँ आई हूँ, मुझे यह घर कभी अपना नहीं लगा। बिलकुल मेहमान-सी लगती हूँ इस घर में। अब इस घर ने मुझे बाँध लिया है। एक छोटा-सा राजू आ गया है मुझे बाँधनेवाला। घर के सभी लोग उसे दीपक कहकर बुलाते हैं।

शाम के समय काफी ठण्डक उतर आती है। मैं यह लाल रेशमी रूमाल उसके सिर पर बाँध देती हूँ। लाल रूमाल में वह और भी सुन्दर लगता है। मैं उसे गोद में लेकर देर तक उसका मुँह देखती रहती हूँ।

तुम्हारी
बन्ती

..........!

मेरा राजू तीन वर्ष का हो गया है। तुम्हें अपने मन की बात बताऊँ? कभी-कभी जब मैं राजू के मुख की ओर देखती हूँ तो देखते-देखते उसका मुँह बड़ा हो जाता है। उसका कद भी बड़ा हो जाता है। जैसे मेरा राजू पच्चीस वर्ष का हो गया हो और मैं अभी बीस वर्ष की हूँ। देखा, मैं कितनी पागल हूँ!

एक रूमाल, एक अँगूठी, एक छलनी ● 55

बड़ा शरारती है मेरा राजू। अभी मेरे पास खेल रहा था। अभी रसोई में जा पहुँचा है। गर्म चूल्हे में पानी का गिलास उंडेल दिया है। सारा चूल्हा फट गया है। मेरी सास बेचारी को दिन-भर लगकर बनाना पड़ेगा।

हाँ, तुम्हें एक बात बताऊँ। मेरी सास चूल्हा क्या बनाती है, जैसे कोई बुत तराशती हो। तुमने कहीं ऐसा बाँका चूल्हा नहीं देखा होगा! उसे चूल्हा बनाने का बहुत चाव है। थोड़े-थोड़े दिनों के बाद चूल्हा तोड़कर फिर से बनाने लगती है। जिस दिन वह अन्दर का चूल्हा बनाती है उस दिन मैं बाहर के चूल्हे पर रोटी बनाती हूँ। वैसे जहाँ तक बन पड़ता है, वह खाना पकाने का सारा काम स्वयं ही करती है। जब वह पन्द्रह-बीस दिन बाद रसोई का चूल्हा तोड़कर नया बनाने लगती है, उस दिन खाना पकाने के काम को हाथ नहीं लगाती। चूल्हा बनाने का तो उसे कोई खब्त है! आए दिन मिट्टी में पानी डालकर बैठ जाती है, रसोई का दरवाज़ा अन्दर से बन्द कर लेती है। मिट्टी गूँधती और साथ में गाती है।

वैसे मैंने कभी उसे गाते हुए नहीं सुना। गाना तो एक तरफ, उसे कभी मन भरकर बातें करते भी नहीं सुना; पर चूल्हा बनाते समय वह ऐसे गाती है, जैसे कोई चरखा काते और लम्बा गीत शुरू कर दे! ईश्वर ही जाने उसके मन पर क्या गुज़रती है! माता-पिता ने भी तो उसकी जवानी से धोखा किया है! हीरे जैसी लड़की को तराजू में रखकर चाँदी के रुपयों की एवज कँकड़ के पल्ले बाँध दिया!

अच्छा, दो शब्द जल्दी लिखना।

तुम्हारी
बन्ती

.........!

तुमने गीतों के बारे में पूछा है जो मेरी सास गाती है। पूरा गीत उसने कभी नहीं गाया। जब कभी एक टप्पा गाती है तो घण्टा-भर वही गाती रहती है।

आज भी उसने पुराने चूल्हे को तोड़कर नया बनाना शुरू किया है। रसोई का दरवाज़ा अन्दर से बन्द है। उसकी आवाज़ आ रही है :

'आ रे चन्दा! हाथ सेंक ले!

बिरहा की आग हमने आंगन में

जलाई है।'

और मैं तुम्हें पत्र लिखने लग गई हूँ। मैं बाहर आँगन में बैठी हुई हूँ। उसने कोई और टप्पा शुरू किया, तो मैं तुम्हें लिखूँगी।

दिन ढल चला है। वही टप्पा सारे दिन गाती रही है। आज उसकी आवाज़ भी रुँधी हुई थी। कितनी देर तो उसकी आवाज़ निकली ही नहीं रुक-रुककर आवाज़ आई है :

'अगर नौकरी पर चले हो तो हमें जेब में डाल लो।

जहाँ रात पड़े, हमें निकालकर कलेजे से लगा लेना।'

हाँ, मुझे उसका एक गीत याद आया है। वह उसने आज तो नहीं गाया पर पहले गाया करती थी :

'आपने न सुख का सन्देशा भेजा

न आपने चिट्ठी भेजी है!

किसके हाथ में सुख का सन्देशा भेजूँ,

किसके हाथ में चिट्ठी भेजूँ?

लिखने के लिए कागज़ नहीं है

कलम के लिए 'काही' नहीं है

दिल का टुकड़ा मैं कागज़ बनाती हूँ

और अँगुलियों को काटकर काही

आँखों का काजल स्याही बनाती हूँ

और आँसुओं का पानी डालती हूँ

परछाइयाँ ढलने पर चिट्ठी लिखने बैठी हूँ

मेरी आँखों से आँसू बरस रहे हैं।'

रसोई का दरवाज़ा अभी भी बन्द है। बन्द दरवाज़े से भी जैसे गुज़रकर मेरा मन उसके मन में समा गया है। इन गीतों में भला कौन-सा गीत है जो उसके मन का नहीं और मेरे मन का नहीं?

तुम्हारी

बन्ती

........!

एक बात मैं तुम्हें लिखना भूल गई थी। मेरी सास को कई दिनों से रोज़ थोड़ा-थोड़ा बुखार हो जाता है। लाख मिन्नतें करो, वह एक पल के लिए भी आराम नहीं करती।

''भाभी, इस तरह तो डाकिया सचमुच ही एक दिन ईश्वर की चिट्ठी ले आएगा! तुम खुद ही अपनी जान की दुश्मन बनी हो''—एक दिन मैंने उससे कहा। पता है क्या कहने लगी? ''तुम्हारा मुँह मीठा करूँ, अगर सचमुच ही कोई डाकिया उसकी चिट्ठी ले आए!'' सच कहती हूँ, उसका दुःख देखकर तो मेरे मन का भी दुःख मामूली बन जाता है।

ये इतने वर्ष और बीत गए! मैंने जान-बूझकर ही तुम्हें कोई पत्र नहीं लिखा। वैसे तुम्हारे नए शहर का पता मैंने ढूँढ लिया था। पता है, जब कभी मैं तुम्हें पत्र लिखने की सोचती थी तो मुझे लगता कि अगर मैंने तुम्हें पत्र लिखा तो पता नहीं कौन-सी यादें मुझे चारों ओर से घेर लेंगी! तब तो मैं कई दिन होश न सम्भाल सकूँगी।

मेरे हाथों से चीज़ें गिरने लगेंगी और तरकारियाँ जलने लगेंगी। अब तो सारा घर मुझे ही सम्भालना पड़ता है।

इतने वर्ष मेरी सास रस्सी की तरह बल खाती रही। चारपाई पर लेटी हुई जैसे उसी में खो जाती थी। उसका रंग कपास जैसा सफेद हो गया था।

तुम्हें याद है या नहीं, एक बार मैंने तुम्हें लिखा था कि मेरी सास मिट्टी का चूल्हा क्या बनाती है मानो कोई बुत तराशती हो। आए दिन, पुराना चूल्हा तोड़कर नया चूल्हा बनाने का उसका खब्त बीमारी में भी नहीं गया था। मैं उसे ज़्यादा रोकती नहीं थी। जिस दिन वह मिट्टी गूँधती थी, उस दिन उसमें पता नहीं कहाँ से जान आ जाती थी!

लगभग पन्द्रह दिन की बात है, उसे खून की उल्टी आई थी। तब न तो हमें उसके जीने की आशा थी, न स्वयं उसे ही। दिन के समय जब मेरा देवर हकीम को बुलाने गया (मेरे ससुर का स्वर्गवास हो चुका है) तो मेरी सास ने मुझे अपने पास बुलाया, बोलीः

"मेरा कहना मानोगी?"

"बताओ भाभी जो कुछ भी हो!" मेरा मन छलक रहा था। मैं उसकी चारपाई से सिर टेककर रोने लग गई थी।

"पगली कहीं की! रोती क्यों है? मैं तो एक-एक मिनट करके राह देख रही हूँ कि कब यह प्राणों का पिंजरा टूटे और कब मेरी रूह आज़ाद हो जाए!"

"बताओ भाभी, क्या कहती हो!"

"तुम मुझे मिट्टी गूँध दो..."

"पागल हो गई हो? साँस तुम्हारे खत्म हो रहे हैं...!"

"मुझे पता है, तभी तो मैं कह रही हूँ। आखिरी बार, बस एक बार! वरना अभी वह सड़ियल हकीम आ जाएगा!"

"भाभी, तुमने दुनिया के सारे मोह तोड़ डाले हैं। दुनिया से तुम्हारा मोह कभी हुआ ही नहीं। न तुम्हें रुपए से प्यार, न तुम्हें अपनी जान की परवाह, फिर तुम्हें इस चूल्हे से ऐसा मोह क्यों?

"चूल्हे के नीचे मैंने कुछ दबाया हुआ है,"—मौत के बिस्तर पर पड़ी मेरी सास हँसी और कहने लगी—"तुम यह न समझना कि मैंने मोहरों की हाण्डी दबाई हुई है!"

"भाभी, तुम्हारा दिल मुझसे छिपा नहीं है। जिस घर में तुम्हारा मन भर गया है, उस घर में तुम मोहरें क्यों दबाओगी? और मुझे भी मोहरों से कोई मोह नहीं!"

"यह मुझे पता है, तभी तो मैं तुम्हारे..."

"जो मन में है, निःसन्कोच कह दो, भाभी! मैं तुम्हारी पुत्रवधू हूँ, बेटी भी हूँ और तुम्हारी सहेली भी तो हूँ!"

भाभी आँखों से रोई मगर होंठों से कहने लगी, ''कभी-कभी मैं तुम्हें कहा करती थी न कि आओ तुम्हें दाने भून दूँ, मैं बहुत बड़ी भटियारिन हूँ!''

''हाँ भाभी, मुझे याद है। पर मुझे ख्याल था कि तुम यों ही मज़ाक किया करती थीं। तुम भला भटियारिन कैसे हुई?''

''नहीं बन्ती, मैं सचमुच भटियारिन हूँ, किसी भट्टीवाले की भटियारिन। तुम अभी वह चूल्हा उखाड़ो तो नीचे की ईंटें भी उखाड़ देना। कच्ची मिट्टी से ही लीपी हुई हैं।''

''नीचे क्या है?''

''छलनी—मेरे भटियारे की निशानी और साथ में एक अँगूठी भी—वह भी उसी की निशानी!''

और भाभी ने अपने उखड़ रहे साँसों में मुझे बताया कि उन्हें अपने गाँव के एक लड़के से प्यार था। मोती नाम था उसका। माता-पिता को नकली ही मोती पसन्द आया। उन्होंने बेटी को कौड़ियों के मोल बेच दिया। विवाह को कुछ ही महीने हुए थे कि उदास मोती ने भटियारा बनकर उसके ससुराल के गाँव में भट्टी शुरू कर दी।

जब मेरी सास (रूपो नाम था उसका) दाने भुनाने गई तो मोती को भटियारा बना देखकर जैसे उसकी भट्टी में खुद ही भुनने लग गई।

मोती ने जो कदम उठाया था, उससे भला उसका क्या बनता-सँवरता? और रूपो का भी क्या सँवरता? एक दिन रूपो उसके पाँवों पर गिरकर रोई, 'तुम्हें मेरी कसम है जो तुम अपनी यह हालत बनाओ। भुने हुए बीज अब उगेंगे नहीं।' उसी दिन रूपो ने उसकी भट्टी तोड़ डाली। कड़ाही उससे उठाई नहीं गई सो वह छलनी ही उठा लाई और उसे हुक्म दे आई कि अपने गाँव वापस लौट जाए।

मोती न उसकी कसम लौटा सका और न उसका हुक्म टाल सका। अपनी अँगूठी, एक निशानी, उसने रूपो को दी और दूसरे दिन पता नहीं कहाँ चला गया! मोती भटियारा क्या बना, रूपो को सारी उम्र के लिए भटियारिन बना गया। इसने उसकी छलनी और अँगूठी अपने पास रख ली। अँगूठी पर मोती का नाम लिखा हुआ था। कहाँ छिपाती! चूल्हा तोड़कर उसने दोनों चीज़ें मिट्टी के नीचे दबा दीं। और ऊपर नया चूल्हा बना दिया।

दिन-दिन-भर चूल्हे के पास बैठकर वह रोटियाँ क्या पकाती, जैसे मन के विचारों को बेलती-सेंकती रहती। कभी-कभी उसका दिल बहुत ही उदास हो जाता। वह चूल्हा तोड़ देती, उसकी निशानियों को गले लगाती रोती और गाती। फिर उसी तरह दोनों निशानियों को धरती के हवाले कर देती और   ऊपर नया चूल्हा बनाकर उनकी रखवाली के लिए बैठी रहती।

भाभी की यह कहानी खत्म हुई, तभी उसकी साँस खत्म हो गई। उसे खून की एक और उल्टी आई और प्राणों का पिंजरा टूट गया, पंछी उड़ गया।

जितने वर्ष भाभी प्राणों के पिंजरे में बन्द थी, मोती की अँगूठी कभी अपनी अँगुली में नहीं पहनी। जब उसकी रूह आज़ाद हो गई, तब मैंने चूल्हे को उखाड़ा और अँगूठी निकालकर उसकी अँगुली में डाल दी।

मैंने ही उसे नहलाना था, मैंने ही उसपर कफन डालना था। इसलिए मुझे डर नहीं था कि कोई उसके हाथ में पड़ी हुई अँगूठी पर मोती का नाम पढ़ लेगा। और जब तक दूसरे दिन लोग उसके फूल चुनते, उस अँगूठी पर से उसके मोती का नाम ही मिट जाना था!

छलनी मैंने अभी वैसे ही चूल्हे के नीचे रहने दी है। अगले महीने मेरी माँ हरिद्वार जा रही है और मैंने अपने पति को मना लिया है कि मैं चार दिन को माँ के साथ जाऊँगी। वहाँ भाभी के फूलों को बहा दूँगी। आगे तुम समझ ही गई होगी! किस प्रकार ट्रंक में छलनी रखकर ले जाऊँगी और उसके फूल छलनी में डालकर लहरों में बहा दूँगी!

ओ मेरी सहेली! मेरी अपनी सहेली!! आज तुम्हें न लिखूँ तो और किसको लिखूँ? मैंने भी अपनी यादों को आज ढूँढ़-ढूँढ़कर देखा है, एक सुर्ख रूमाल उनके नीचे सम्भालकर रखा हुआ है। चाहे कोई बन्ती हो, चाहे कोई रूपो या चाहे कोई और, किसने अपने मन की तहों में कोई रूमाल या कोई अँगूठी नहीं दबाई हुई होती!

हम अभागिनें, जो किसीसे प्यार करती हैं, जन्म से भटियारिनें हो जाती है। दिल की भट्ठी पर अपने साँसों को दानों की तरह भूनती हैं और यादों की छलनी में से वर्षों रेत छानती हैं।''

तुम्हारी
बन्ती : एक भटियारिन

धुआँ और लाट

हरदेव ने जब पीली तहमत उतारकर पैण्ट पहन लिया और टाई की गाँठ डालने लगा तो उसे लगा, पिछले सात दिनों वाला हरदेव कोई और था और आज का हरदेव कोई और। पिछले सप्ताह वाले हरदेव को उसने चौंककर आवाज़ दी, "देव...!" देव उसने इसलिए कहा कि सारा सप्ताह ब्रह्मी उसे देव कहकर ही पुकारती रही थी। हरदेव कहना उसे मुश्किल लगा था।

"हाँ, हरदेव!" देव की आवाज़ आई।

"मुझसे ऐसे बिछुड़ जाएगा, दोस्त?"

"शायद बिछुड़ना ही पड़े हरदेव, हम एक धरती पर रहकर भी एक ही धरती के आदमी नहीं लगते।"

"मैं तेरा इतना गैर हूँ"

"गैर? हाँ, गैर ही कह सकता हूँ। मुझसे तू पहचाना भी नहीं जाता।"

"वस्त्रों के रंग और उनकी बनावट इतना अन्तर डाल देती है?"

"नहीं हरदेव, सिर्फ वस्त्रों की बात नहीं। तू एक लेखक है, लेखक भी वह जिसका नाम हज़ारों आदमियों की ज़बान पर है, और मेरा नाम—मेरा नाम शायद ब्रह्मी के सिवा और कोई नहीं जानता।"

हरदेव को उसकी बात पर कुछ ईर्ष्या-सी हुई। एक बार तो उसकी इच्छा हुई कि कहे—देव, मेरे दोस्त! तू मुझसे कहीं अधिक भाग्यशाली है। हज़ारों लोग मेरा नाम लेते हैं, पर मुझे कभी नहीं लगा कि मुझे कुछ ज़रूरत है। तेरा नाम कोई नहीं लेता, सिर्फ ब्रह्मी ने इस पिछले सप्ताहभर तेरा नाम लेकर तुझे पुकारा है, और तुझे लगता है कि ब्रह्मी तुझे जानती है। पर सचमुच हरदेव ने कुछ कहा नहीं।

"इतनी उदासी क्यों हरदेव? हर शहर तेरी बाट देखता है, हर कालेज तुझे सम्मान देता है। कल धर्मशाला के गवर्नमेंट कालेज में तेरा स्वागत होना है। कितने ही लड़के-लड़कियाँ तेरे इर्द-गिर्द घूमेंगे, कितनों की तेरे साथ बातें करने की इच्छा होगी। कापियों का झुरमुट तेरे चारों ओर मंडरायेगा कि तू उनपर अपना नाम लिख

दे। कितनी लड़कियाँ जब अपने दोस्तों को पत्र लिखेंगी तो तेरे गीत लिख-लिखकर अपने हृदय की बात कहेंगी। तुझे याद नहीं, तेरा नाम सुनकर तेरी सीट बुक करने वाले क्लर्क का चेहरा चमक उठा था? प्लेटफार्म पर घूमते लोग डिब्बे के बाहर तेरा नाम पढ़कर तुझे देखने के लिए जमा हो गए थे''

''कुछ न कह देव! यह सब ठीक है, पर इससे हृदय में पड़ा हुआ गढ़ा नहीं भरता।''

''फिर?''

''तू मेरे साथ चल, जहाँ मैं रहूँगा, तू भी रहना। मैं अपने कामों की भीड़ से फुरसत पाकर तेरे साथ बातें किया करूँगा। मैं बहुत अकेला हूँ, बिलकुल अकेला। सैकड़ों लोगों की भीड़ में भी अकेला, हज़ारों लोगों की भीड़ में भी अकेला। मैं तुझसे अपने मन की बात किया करूँगा।''

''मुझे तेरा शहर और तेरी सभ्यता झेल नहीं सकती हरदेव! तेरी ज़बान भी तो मेरी समझ में सदा नहीं आती। तू कभी हिन्दुस्तानी कविता की बातें करता है, कभी अंग्रेज़ी और रूसी कविता की। अनेकों तू उनके नाम रखता हैः कभी रोमांटिक कहता है तो कभी छायावादी, कभी यथार्थवादी तो कभी प्रतीकवादी, कभी प्रगतिशील तो कभी परम्परावादी और मेरी समझ में कुछ नहीं आता।...''

हरदेव ने सिर झुका लिया। पिछले कितने ही दिन उसे याद हो आए। बरसों से उसके भीतर एक धुआँ सुलगता रहा है और पिछले कुछ महीनों से उसे लगा है कि जैसे उस धुँए में उनकी सांस घुटने लग गई थी। धर्मशाला के गवर्नमेंट कालेज ने उससे अनुरोध किया था कि वह उनके कालेज में आकर तीन भाषण दे—एक प्राचीन हिन्दुस्तानी कविता पर, एक आधुनिक हिन्दुस्तानी कविता पर और एक दूसरे देशों के साथ हिन्दुस्तानी कविता की तुलना पर। उसने हाँ कर दी थी। आठ दिन वह पुस्तकों पर सिर झुकाए बैठा रहा था। कितने कागज़ उसने तैयार किए थे, और फिर पन्द्रह दिनों के लिए समय निकालकर वह दिल्ली की शोरगुल से भरी सड़कों को छोड़कर धर्मशाला के एक खामोश कोने में आ बैठा था। उसकी इच्छा थी कि दस-बारह दिन एकान्त में रहकर ज़माने से मन में पड़ी हुई कहानियों को टटोलेगा और गीतों को शक्ल देगा और फिर अपने तीन भाषण खतम करके दिल्ली लौट जाएगा।

लेकिन धर्मशाला में होटल का एकान्त कमरा भी उसके मन को चैन न दे सका। वह रोज़ सुबह बस में बैठ जाता और जिस गाँव में उसका दिल करता, उतर जाता। उसके साथ छोटा-सा थैला रहता था, जिसमें वह डबल रोटी, मक्खन, अण्डे और कुछ फल रख लेता, थर्मस में चाय डाल लेता, सिगरेट की दो डिब्बियाँ रख लेता, थोड़े-से कागज़ और एक कलम सम्भाल लेता और खादी की नीली चद्दर तथा

हवा तकिए को तह करक थैले में डाल लेता। जहाँ दिल होता घूमता, जहाँ दिल होता अपनी नीली चद्दर तथा हवा तकिए में हवा भरकर सो जाता...और साँझ तक फिर गाँव के समीप आ जाता और किसी गुज़रती हुई बस में बैठकर रात को होटल लौट आता। तीन दिन इसी तरह गुजर चुके थे। चौथे दिन साँझ को वह सारा दिन पास के गाँव नूरपुर के खेतों में गुज़ारकर लौट रहा था तो एक चिकने पत्थर से उसका पैर ऐसा फिसला कि सम्भलते-सम्भलते भी गिर पड़ा और चोट लग गई। टखना सूज गया और जहाँ बैठा हुआ था, बैठा रह गया। अँधेरा हुआ जा रहा था और उसके पैर ने एक भी कदम आगे बढ़ने से इन्कार कर दिया।

अँधेरा साँवले से काला हुआ जा रहा था कि उसे पास ही बाँस के पेड़ से पत्ते तोड़ती एक लड़की दिखाई दी। वह सोच रहा था—उस लड़की के स्थान पर कोई मर्द होता तो वह आवाज़ दे लेता। उस लड़की ने पत्तों का एक गट्ठर बाँधा और हाथ में लिए पानी के मटके को सम्भालती हुई उसके पास से गुज़री तो कहने लगी—‘‘क्यों बाबू, रास्ता भूल गया?’’

लड़की की बोली पहाड़ी थी, पर उसकी बात आसानी से समझ में आ जाती थी। हरदेव ने उसे बताने की कोशिश की कि उसके पैर में चोट लग गई है और वह चल नहीं सकता। हरदेव उसे आगे बताना चाहता था कि अगर वह गाँव से किसी आदमी को भेज दे, तो वह उसके कन्धे का सहारा लेकर गाँव तक पहुँच सकता है। लड़की ने पत्तों पर गट्ठर वहीं छोड़ दिया और हरदेव का थैला अपने पानी के मटके पर रखकर उससे कहा कि वह उसके कन्धे का सहारा लेकर चलने की कोशिश करे।

कोई तगड़ा मर्द होता तो भी हरदेव उसका सहारा लेकर इतनी आसानी से नहीं चल सकता था जैसा कि उस युवती के कन्धे पर हथेली रखकर चल सका था। हर कदम पर उसे ख्याल रहता था कि कहीं उसके कन्धे पर अधिक बोझ न डाल दे। अपने लँगड़ाते पैर की वह मिन्नत करता रहा कि कुछ तो सहनशक्ति दिखाए। बेशक पैर लँगड़ाता था, पर आखिर वह एक मर्द का पैर था। और अब उसे एक लड़की के सामने ललकार पड़ी तो उसका दिल दुगुना हो गया।

काफी गहरा अँधेरा घिर आया था जब हरदेव गाँव की सीमा में पहुँचा। युवती उसे अपने घर ले गई।

‘‘मैं तुझे क्या कहकर पुकारूँ?’’ हरदेव ने पूछा था।

‘‘मेरा नाम ब्रह्मी है, बाबू।’’

‘‘तू मुझे बाबू क्यों कहती है? मेरा नाम हरदेव है।’’

‘‘तेरा नाम बड़ा मुश्किल है, बाबू!’’

‘‘मुश्किल है? तू आसान बना ले...कह तो, देव।’’

''देव!'' ब्रह्मी ने कहा।

''यहाँ गाँव में कोई सराय या मन्दिर होगा? मैं वहाँ सो रहूँगा।''

ब्रह्मी ने कुछ नहीं कहा। पर जब उसे दरवाज़े के आगे छोड़कर वह भीतर चली गई, तो एक क्षण भी नहीं बीता था कि ब्रह्मी के बापू ने आकर हरदेव का बाजू पकड़ लिया। ''कोई फ्रिक की बात नहीं बाबू! रात-भर यहीं रहो, पैर सेकेंगे, कल ठीक हो जाओगे।''

वह कल अगले दिन नहीं आया। उसके अगले दिन भी नहीं। बड़े दिनों पर जा पड़ा। हरदेव के पैर की सूजन तीन दिन वैसी ही रही। ब्रह्मी का बापू हर रोज़ उसके पैर पर गर्म तेल की मालिश करता और फिर कसकर बाँध देता। हरदेव को यह भी ख्याल आया था कि किसी बस वाले के हाथ पत्र भेजकर अपने होटल में खबर कर दे, किसी डाक्टर को बुलावा ले, या अपने होटल में से कुछ चीजें ही मँगवा ले। पर फिर उसे लगा कि यह सब कुछ ब्रह्मी की सेवा कर निरादर है। वह जिस खाट पर पड़ा था, वहीं पड़ा रहा। अपनी नीली चद्दर को उसने तहमत बना लिया था। रोज़ दुपहर के समय ब्रह्मी उसकी कमीज़ धो देती। खालिस ऊन के दो पट्टू ब्रह्मी के बापू ने उसकी खाट पर बिछा दिए थे। ब्रह्मी की माँ उसके लिए चावल उबालती, दाल बनाती, पेठे की सब्ज़ी बनाकर देती, फिर भी ब्रह्मी को सन्तोष नहीं होता था। उसने अपने पड़ोसियों को धान और मक्की देकर थोड़ा-सा गेहूँ का आटा ले लिया था, जिसकी वह रोज़ पतली-पतली रोटियाँ सेंकती थी।

चार दिन बाद हरदेव को इतनी शक्ति आ गई कि वह खाट से उठकर ब्रह्मी के चूल्हे के पास आकर बैठ जाता। गीली लकड़ियाँ बार-बार धुआँ छोड़तीं, ब्रह्मी रोटी बनाती और हरदेव लकड़ियों को फूँक मारता।

दीपावली समीप आ रही थी। ब्रह्मी की माँ अपने मिट्टी के घर को लीपने-पोतने लगी। हरदेव को पहली बार गीली मिट्टी की सुगन्ध इतनी प्यारी लगी, उसे महसूस हुआ जैसे इसके आगे सब सुगन्धियाँ तुच्छ हों। आँगन लीपकर ब्रह्मी की माँ ने गेरू घोलकर सारे आँगन में किसी के पैरों के निशान बनाने शुरू कर दिए।

''यह क्या ब्रह्मी?'' हरदेव ने पूछा।

''यह कहती है, इन्हीं निशानों पर पैर रखकर लक्ष्मी आएगी।'' ब्रह्मी ने बताया।

हरदेव का मन उसके भोले विश्वास के प्रति सम्मान से भर गया, पर उसने हँसकर फिर पूछा—''सच ब्रह्मी? लक्ष्मी आएगी? मुझे दिखाओगी?''

न ब्रह्मी ने कभी लक्ष्मी आती देखी थी, न उसकी माँ ने, और न ब्रह्मी की माँ की माँ ने ही देखी होगी। ब्रह्मी हँस पड़ी—''लक्ष्मी भी कभी दिखाई देती है?''

''हाँ, कभी-कभी नज़र आती है।'' हरदेव ने कहा।

''कब?''

''जब वह दिखाई देती है, उसका नाम बदल जाता है।

ब्रह्मी उसके मुँह की ओर देखती रह गई।

''कभी-कभी उसका नाम ब्रह्मी भी हो जाता है।'' हरदेव ने कहा। सुनकर ब्रह्मी के मुँह पर जो झेंप आई और उसका मुँह जिस तरह सुलग उठा—हरदेव को लगा—उसने सँसार-भर के चित्रकारों की कला देखी है, पर ऐसा पवित्र रूप कहीं नहीं देखा था।

ब्रह्मी के बापू ने अपने बाबू के स्वागत के लिए एक दिन शहर से डबल रोटी और अण्डे मँगवाए। हरदेव मिन्नतें करता रहा कि अब उसे मक्की की रोटी और उबले हुए चावलों से बढ़कर कुछ अच्छा नहीं लगता, पर ब्रह्मी को और उसके घर वालों को अपनी मेहमान-नवाज़ी काफ़ी नहीं लग रही थी।

ब्रह्मी ने आग जलाई। हरदेव ने तवा रखकर ब्रह्मी को अण्डे बनाने बताए। ब्रह्मी चाय बना रही थी। लकड़ियाँ बुझ-बुझ जाती थीं। हरदेव ने कितनी फूँकें मारीं, पर धुआँ घना हुआ जा रहा था। ब्रह्मी ने एक ज़ोर की फूँक लगाई, धुएँ के बादल में से एक लाट निकली और चूल्हे के पास झुकी हुई ब्रह्मी का मुँह चमक उठा। यह पहली बार था जब हरदेव को लगा, बरसों से उसके मन में जो धुआँ सुलगता रहता था, आज किसी ने उसे ऐसी फूँक मारी थी कि उसमें से रोशनी की एक सुर्ख लाट निकल पड़ी थी—और उस लाट में ब्रह्मी का मुँह चमक उठा था। ब्रह्मी एक लड़की नहीं थी, मनुष्य का पवित्र प्यार थी।

अगले रोज़ ब्रह्मी ने एक अजीब बात की। उसने हरदेव से पूछा—''देव बाबू, तुमने कहा था कि लक्ष्मी जब दिखाई देती है, उसका नाम बदल जाता है?''

''हाँ।''

''कभी-कभी लक्ष्मी मर्द भी बन जाती है?''

यह पहली बार थी जब हरदेव को उत्तर देने के लिए कुछ नहीं सूझा। वह ब्रह्मी के मुँह की ओर देखता रह गया।

हरदेव के हवा-तकिए में ब्रह्मी बड़े चाव से फूँक लगाती और जब वह भर जाता, हरदेव उसके साथ इस तरह मुँह लगा लेता गोया उसमें से ब्रह्मी की साँस आ रही हो।

सोच में डूबे हरदेव ने सिर उठाया। देव उसके सामने खड़ा था। हरदेव ने अपनी गर्म स्लेटी पैण्ट पहन रखी थी और देव ने अपनी कमर के गिर्द नीली तहमत बाँध रखी थी।

''देव!''

''हाँ दोस्त।''

“तू मेरे साथ नहीं चलेगा?”

“मेरे लिए और कहीं जगह नहीं हरदेव, मैं यहीं रहूँगा।”

“यहाँ? ब्रह्मी के घर? क्या करेगा यहाँ?”

“ब्रह्मी जंगल के चश्मे से अकेली पानी लेने जाती है, मैं उसके साथ जाया करूँगा। वह खेतों में जाकर धान काटती है, मैं उसका गट्ठर उठवाया करूँगा। वह चूल्हे के आगे बैठकर रोटियाँ सेंकती है, मैं आग जलाया करूँगा।”

“वह थोड़े दिन बाद ससुराल चली जाएगी!”

“मैं उसकी डोली के साथ जाऊँगा। वह अपना नया घर बनाएगी मैं उसे सजाया करूँगा।”

“पर देव! तेरा उसके साथ रिश्ता क्या होगा?”

“यही तो दुनिया वालों की बुरी आदत है, कि वे आदमी का आदमी के साथ रिश्ता जानना चाहते हैं। वे आदमी को पीछे देखते हैं, रिश्ते को पहले। क्या औरत का मुँह औरत का नहीं होता? क्या वह ज़रूर माँ का मुँह होना चाहिए? बहन का मुँह होना चाहिए? बेटी का मुँह होना चाहिए? बीवी का मुँह होना चाहिए? औरत का मुँह औरत का क्यों नहीं रह सकता?”

“तू ठीक कहता है, देव, मेरे पास इसका कोई उत्तर नहीं।”

“कम से कम तुझे यह सवाल नहीं पूछना चाहिए।”

“मैं कुछ नहीं पूछता।”

“आज तूने अपने हवा-तकिए को खाली नहीं किया हरदेव?”

“इसे ब्रह्मी ने अपने हाथों से भरा है।”

“तो फिर?”

“जितने दिन हो सका उसकी साँस के साथ सिर लगाकर साँस लूँगा।”

“कितने दिन हरदेव? तेरी दुनिया की हवा इस दुनिया से अलग है। वह सभ्यता की हवा है। उसमें हर समय घृणा और युद्ध के कीटाणु होते हैं। यह सभ्यता की दौड़ में पीछे छूट गई दुनिया की हवा है, इसमें मुँजी और मक्की की बालियाँ साँस लेती हैं। तेरी दुनिया की हवा में ब्रह्मी की साँस घुट जाएगी।”

हरदेव ने कुछ नहीं कहा, तकिए का पेंच खोल दिया। ब्रह्मी की साँस ने एक बार हरदेव की साँस को स्पर्श किया, फिर मक्की की बालियों को छूकर आती हवा में मिल गई।...

लाल मिर्च

"डॉक्टरों के इंजेक्शनों को छोड़ो यार, जिस घर के कुत्ते ने काटा है, उस घर की लाल मिर्चें अपने ज़ख्म पर लगा लो।" एक दोस्त ने कहा।

"जिस घर के कुत्ते ने काटा है, अगर उस घर की कोई सुन्दर लड़की तुम्हारे ज़ख्म पर पट्टी बाँध दे...। लड़कियाँ भी तो लाल मिर्च होती हैं।" दूसरा दोस्त बोला।

कॉलेज के सभी दोस्त लड़के हँस पड़े। और वह, जिसे कुत्ते ने काटा था, हँसकर कहने लगा, "यार नुस्खा तो अच्छा है, पर तुमने आज़माया हुआ है न?"

गोपाल ने उम्र की सीढ़ी के अठारहवें डन्डे पर पाँव रखा हुआ था, और गोपाल को लगा कि इस डन्डे पर जवानी के अहसास का एक कुत्ता दुबककर बैठा हुआ था, और आज उसने अचानक पागलों की तरह उसकी टाँग में से माँस नोच लिया था—उस दिन से गोपाल का मन अपने ज़ख्म पर लगाने के लिए लाल मिर्च जैसी लड़की ढूँढ़ने लग गया था।

लड़कियाँ तो गोपाल के कालेज में भी थीं, पड़ोस के घरों में भी, उस शहर की गलियों में भी, और अन्य सब शहरों में भी। 'पर जिस लड़की को मैं ढूँढ़ रहा हूँ,' गोपाल सोचता, 'वह कहाँ है?'

और फिर गोपाल लड़कियों को ऐसे देखता जैसे थाली में दाल को बीना जाता है। छोटे कद की, मोटी, बैठे हुए नाक वाली, लम्बी, गोल...और जब ऐसी लड़कियों को वह दाल में से पत्थरों की तरह बीन लेता, उसे सभी पुरानी उपमाएँ याद आ जातीं—लचकती हुई टहनी जैसी लड़की, चन्दन जैसी लड़की, देवदार के वृक्ष जैसी लड़की, चाँद की फाँक जैसी लड़की...और फिर गोपाल सोचता—कोई नहीं, इनमें से कोई भी नहीं, उसे तो केवल लाल मिर्च जैसी लड़की चाहिए।"

वैसे तो कालेज के सभी लड़कों में पुस्तकों और कोर्सों की बजाय लड़कियों की बातें लम्बी हो गई थीं, पर गोपाल की हर बात को अपने घर जाने के लिए जैसे 'लड़की' शब्द के दरवाज़े में से ज़रूर गुज़रना पड़ता था।

कभी रेडियो पर नूरजहाँ की आवाज़ आती, "तुम्हारे मुख पर काले रंग का

तिल है, ऐ सियालकोट के लड़के!'' तो गोपाल अपने लाल होंठों पर एक मोटे तिल को अँगुली से टटोलने लग जाता और फिर जैसे नूरजहाँ को सम्बोधन करके कहता, जालिम, हर बार कहती है 'सियालकोट के लड़के', 'सियालकोट के लड़के', कभी इसकी जगह लायलपुर के लड़के भी तो कहा कर।'' '...नूरजहाँ ने तो गोपाल की बात कभी न सुनी पर कालेज के लड़कों ने ज़रूर गाना शुरू कर दिया, 'ऐ लायलपुर के लड़के...।'' पर इससे तो गोपाल की ज़बान और भी सूख जाती थी। उसे और प्यास लगती थी—कभी नूरजहाँ, कभी एक लड़की यह बात कहे!

भूने हुए चने बेचने वाला कहता, ''बम्बई का बाबू मेरा चना ले गया,'' तो गोपाल हँसता, ''चना ले गया तो ऐसे कहता है जैसे इसकी लड़की निकालकर ले गया है।''

ऐनकों वाली लड़कियाँ गोपाल को लड़कियाँ नहीं लगती थीं। ''जब भी आँखों को देखना हो, पहले काँच की दीवार पार करनी पड़ती है।'' गोपाल कहता और उन लड़कियों को लड़कियों की सूची में से निकाल देता।

किसी लड़की ने ऊँची धोती बाँधी हुई होती, पाँव में जुराबें पहनी होतीं, हाथ में छतरी पकड़ी होती, तो गोपाल हँसकर मुँह फिरा लेता, ''यह लड़की थोड़ी है, यह तो मास्टरनी है, मास्टरनी। जो विद्यार्थी गणित में कमज़ोर हो, वह मास्टरनी से शादी कर ले...।''

किसी लड़की ने गहरे रंगों के कपड़े पहने होते या बाँह में चूड़ियाँ ही बहुत ज़्यादा पहनी होतीं तो गोपाल कहता, ''यह तो रंगों का विज्ञापन है। लड़की तो बीच में से मिलती ही नहीं, बस पूरी की पूरी चूड़ियों की दुकान है।''

किसी की बारात जा रही होती, गोपाल उदास हो जाता, ''च...च...च बेचारे का दिवाला निकल गया...'' और गोपाल कहता, ''जब मनुष्य प्रेमी बनने से पहले पति बन जाता है तो समझो अब बेचारों के पास पूँजी बिल्कुल नहीं रही, और उसने घबराकर दीवालिया होने की अर्ज़ी दे दी है।''

''शायद वह किसी प्रेमिका से ही शादी करने जा रहा हो।'' गोपाल का कोई दोस्त कहता।

''नहीं यार, जुल्फ़ को सर करने में उम्र लगती है। गालिब की डोमनी और लोर्का की जिप्सी, इनके दरवाज़े पर कभी बरात नहीं जाती।'' और गोपाल कई वर्ष तक इस जुल्फ़ की बातें करता रहा जिसके सर करने में उसने उम्र लगानी थी।

और गोपाल ने टटोल-टटोलकर देखा—काली रात जैसे बाल, पर उसे किसी रात ने नींद न दी। सघन जंगल जैसे बाल, पर वह किसी जंगल में खो न सका। समुद्र की लहरों जैसे बाल, पर वह किसी लहर में गोता न लगा सका और गोपाल ने उम्र के जो साल एक जुल्फ़ को सर करने में लगाने थे, वे जुल्फ़ को ढूंढ़ने में ही खोते रहे। और फिर गोपाल अपने सालों के खो जाने से घबरा गया।

''तुम भी अब हमारी तरह दीवालियापन की अर्ज़ी दे दो यार।'' कालेज के पुराने साथियों में से कोई जब गोपाल को मिलता मज़ाक करता।

उम्र के अठारहवें वर्ष में जवानी के पागल कुत्ते ने गोपाल की टाँग को काटा था और उस जख्म पर लगाने के लिए गोपाल एक लाल मिर्च जैसी लड़की ढूँढ़ रहा था, पर अब उम्र के बत्तीसवें वर्ष में उस ज़ख्म का ज़हर उसके सारे शरीर में फैलने लग गया था।

अब गोपाल सोचने लग गया था, वह न गालिब है, न लोर्का। वह गोपाल है, या एक ईश्वरदास, या एक शेरसिंह, या एक अल्लारक्खा।...और उसने सिर झुकाकर दीवालिया होने की अर्ज़ी दे दी।

''क्यों यार, आज डोमनी के घर में बारात आएगी या जिप्सी के घर में?''

''सुनाओ, भाभी कैसी है?''

''और कुछ नहीं तो हम तुम्हारी लाल मिर्च के देवर तो बन ही जाएँगे।''

''बेशक सोने की अँगूठी की जगह हीरे की अँगूठी ही देनी पड़े, भाभी का घूँघट ज़रूर उठाएँगे।''

गोपाल अपने दोस्तों के मज़ाक को अपने हाथ पर विवाह के लाल धागे की तरह बाँधे जा रहा था और हँसता हुआ कह देता था, ''मास्टरनी है, मास्टरनी। ऐनक भी लगाती है तुम्हारी भाभी।''

माँ ने जब रिश्ता किया था, गोपाल से कहा था कि अगर वह चाहे तो किसी बहाने वह लड़की दिखा देगी। पर गोपाल ने स्वयं ही इन्कार कर दिया था—''जब दीवालिया होने की अर्ज़ी ही देनी है तो...''

डोली दरवाज़े पर आ गई।

''सुन्दर है बहू, घर का सिंगार है।'' उसे रुपए देते समय गोपाल की ताई कह रही थी। और गोपाल सोच रहा था—'जब लोग दरवाज़े के सामने कोई भैंस लाकर बाँधते हैं, तब भी यही बात कहते हैं—भैंस तो घर का सिंगार होती है।' और जब लोग डोली लेकर आते हैं तब भी यही बात कहते हैं—'बहू तो घर सिंगार होती है।' और फिर भैंस में और बहू में जो फर्क होता, वह कहाँ गया?—और फिर गोपाल खुद ही हँस देता—''यह भी वही फर्क है, जो एक प्रेमी और दूल्हे में होता है।''

गोपाल की पत्नी न ही इतनी सुन्दर थी, न ही इतनी कुरूप। आम लड़कियों जैसी लड़की, देखने में बस ठीक ही लगती। और गोपाल को न कोई चाव था, न कोई शिकायत। वह भाँति-भाँति के कपड़े पहनती, पर गोपाल उसे कभी 'रंगों का विज्ञापन' न कहता। और वह सोहाग की चूड़ियाँ और दहेज के कड़े सब कुछ एकसाथ पहन लेती, गोपाल उसे कभी 'ज़ेवरों की दुकान' न कहता।

आजकल गोपाल को जवानी के शुरू के दिनों में पढ़ा हुआ एक अंग्रेज़ी उपन्यास

याद आया करता था जिसमें अपने सपनों की लड़की ढूँढ़ने के लिए कोई उम्र लगा देता है, पर उसे ढूँढ़ नहीं पाता, और फिर मरते समय अपने बेटे को अपनी सारी रूपरेखा और सारी लगन देकर कहा जाता है कि वह इस किस्म की आँखों वाली, इस किस्म के नक़्शों वाली और इस किस्म के बालों वाली लड़की को ज़रूर ढूँढे। और फिर सारी उम्र की खोज के बाद उसका बेटा मरते समय यही बात अपने बेटे को लिखकर दे जाता है।

'ज़ुल्फ को सर करने में गालिब ने सिर्फ एक ही उम्र का अन्दाज़ा लगाया था, पर गोपाल सोचता, 'जीवन की हार गालिब के अन्दाज़े से बहुत बड़ी है।' और आजकल गोपाल सोच रहा था, उसके घर एक पुत्र जन्म लेगा, हूबहू उसकी मुखाकृति, हूबहू उसका दिल, हूबहू उसके सपने और फिर जब उसका पुत्र जवान होगा, वह एक लाल मिर्च जैसी लड़की ज़रूर ढूँढ़ेगा।... और फिर वह सारा संसार अपने पुत्र की आँखों में देखेगा।

‘‘आज मैं बर्फ वाला पानी नहीं पिऊँगी,’’ एक दिन गोपाल की पत्नी ने शिकंजवी का गिलास अपनी सास को लौटाते हुए कहा। और माँ जब उसके लिए चाय बनाने के लिए रसोई में गई तो गोपाल ने अपनी पत्नी को हल्का-सा मज़ाक किया, ‘‘मैं सारा महीना सपने इकट्ठे करता हूँ और तुम महीने के बाद मेरे सारे सपने तोड़ देती हो...।’’

शायद वह इन्हीं शब्दों का असर था कि अगले महीने गोपाल की पत्नी के दिन लग गए और गोपाल की बाँहों में जैसे अभी उसका बेटा खेलने लग गया।

खट्टी या नमकीन चीज़ तो इसने कभी माँगी ही नहीं, हमेशा इसका मन मीठी चीज़ों के पीछे भटकता है, ज़रूर बेटा होगा। तुम्हारे जन्म के समय मुझे भी गुड़ की खीर अच्छी लगती थी।’’ माँ जब कहती, गोपाल को लगता, अब तो उसका बेटा तोतली बातें भी करने लग गया है।

यह नौ महीने गोपाल को पिछले नौ वर्षों के समान प्रतीत हुए। और फिर घर में घी, गुड़ और अजवायन इकट्ठी होने लगी।

कमरे का दरवाज़ा बन्द किया हुआ था। गोपाल ने बाहर बरामदे में बैठकर कागज़, कलम और पुस्तक अपने सामने इस तरह रखी हुई थी जैसे देखने वाले को लगे, उसे सिर उठाने की फुर्सत नहीं थी। पर गोपाल पुस्तक का कभी कोई पृष्ठ उलटता, कभी कोई। और फिर जो पंक्तियाँ सामने आ जातीं, उनको कागज़ पर लिखने लग जाता। दरवाज़े के पास वह जमा बैठा था और उसके कान अन्दर की आवाज़ सुनने के लिए सतर्क थे।

‘‘ज़रा हिम्मत कर बेटी। बेटों का इसी तरह जन्म होता है।...बस मिनट भर के लिए दाँतों तले ज़बान...’’ रह-रहकर दाई की आवाज़ आ रही थी। और गोपाल

प्रतीक्षा कर रहा था, 'अभी...अभी वह कहेगी...लाख-लाख बधाइयाँ गोपाल की माँ। यह लो बेटा...।'

एक बार दाई बाहर आई थी। कहने लगी, "बेटा गोपाल, ज़रा जाकर थोड़ा-सा शहद तो ला दे। देखकर लाना, नया शहद हो।"

गोपाल वहाँ से जाना नहीं चाहता था। 'क्या पता बाद में...जल्दी ही कुछ हो जाए...मैं उसकी पहली आवाज़ सुनूँगा,' और वह दाई से कहने लगा, "शहद की याद अब तुम्हें आई है।...यह सारा काम पड़ा हुआ है मेरे सामने। कल मुझे यह सारा काम दफ्तर में देना है।"

"तुम मर्दों को तो अपने काम की ही पड़ी रहती है। आखिर बूढ़ी उम्र है, कई बातें भूल जाती हूँ," दाई यह कह रही थी कि गोपाल की माँ ने सारी मुश्किल दूर कर दी। कहने लगी, 'हमारे यहाँ कभी किसी ने शहद-वहद नहीं दिया। हम तो अँगुली पर थोड़ा-सा गुड़ लगाकर मुँह में डाल देते हैं।"

"अच्छा गुड़ ही सही।" और दाई अन्दर चली गई थी।

गोपाल के कान फिर दरवाज़े की ओर लगे हुए थे, पर दाई का 'मिनट भर' पता नहीं कितना लम्बा था। वह अभी तक कह रही थी, "मिनट भर के लिए दाँतों तले जुबान दबा...ज़रा अपनी तरफ से ज़ोर लगा न नीचे को।"

और फिर अचानक बच्चे के रोने की आवाज़ आई। गोपाल का साँस जैसे किसी ने हाथ में पकड़ लिया हो। वह न नीचे को आ रहा था, न ऊपर जा रहा था। और अभी तक दाई की आवाज़ नहीं आई थी। उसे बच्चे की आवाज़ की अपेक्षा दाई की आवाज़ की अधिक प्रतीक्षा थी।

और फिर दाई की आवाज़ आई, "लड़की।"

गोपाल की कुर्सी काँप गई। उसकी माँ शायद पानी या तौलिया लेने बाहर आई हुई थी। गोपाल के होंठ काँपे, 'माँ, लड़की!'

"नहीं बेटा, नहीं, तू भी पागल है। जब तक 'औल' नहीं गिरती, दाइयाँ यही कहती हैं। अगर वह कह दें कि बेटा हुआ है तो माँ की खुशी के कारण औल ऊपर चढ़ जाए।" और माँ जल्दी-जल्दी अन्दर चली गई।

यह 'औल' पता नहीं क्या बला है। न जल्दी गिरती है, न दाई आगे कुछ बोलती है।" गोपाल की कुर्सी अब यद्यपि पहले की तरह उतनी काँप नहीं रही थी, पर फिर भी गोपाल ने उसे दीवार के साथ लगा लिया था।

"बेटी हो या बेटा, जो भी जीव हो भाग्यवान् हो।" दाई की आवाज़ आई।

"बेटी तो लक्ष्मी होती है। इस बार बेटी, तो अगले साल बेटा।" माँ दाई से कह रही थी।

"लड़की है कि रेशम का धागा है..." माँ कह रही थी या दाई कह रही थी,

इस बार गोपाल से आवाज़ पहचानी नहीं गई। उसकी कुर्सी काँपी और कुर्सी के कारण जैसे सारी दीवार डगमगा गई। उसे लगा, वह बूढ़ा हो गया था, लाला गोपालदास। और उसकी पत्नी अपने घुटनों को दबाती हुई कह रही थी, 'लड़की इतनी बड़ी हो गई है, कोई लड़का देखो न। कहाँ छुपाऊँ इस आँचल की आग को? ऐसा रूप... ऊपर से ज़माना बुरा है...।' और फिर उसके दरवाज़े पर बरात आ गई...उसके दामाद ने उसके पाँव छुए...उसकी बेटी लाल सुर्ख कपड़ों में लिपटी हुई थी...वह डोली के पास जाकर उसे प्यार देने लगा...उसकी बेटी...बिलकुल लाल मिर्च...।

लाल मिर्च...लड़की...लाल मिर्च...और गोपाल को लगा, आज...आज किसी ने मिर्चें उठाकर उसकी आँखों में डाल दी थीं।

बू

घोड़ी हिनहिनाई। गुलेरी दौड़कर अन्दर से बाहर आई। उसने घोड़ी की आवाज़ पहचान ली थी। वह घोड़ी उसके मायके की थी। उसने घोड़ी की गर्दन के साथ अपना सिर टेक दिया। जैसे वह घोड़ी की गर्दन न होकर उसके मायके का द्वार हो।

गुलेरी का मायका चम्बे शहर में था। ससुराल का गाँव लक्कड़मंडी एवं खजियार के रास्ते में एक ऊँची समतल जगह पर था। खजियार से लगभग एक मील आगे चलकर पहाड़ी का एक ऐसा मोड़ आता था, जहाँ पर खड़े होकर चम्बा शहर बहुत दूर और बहुत नीचा दिखाई देता था। कभी-कभी गुलेरी जब उदास हो जाती तो अपने मानक को साथ लेकर उस मोड़ पर आकर खड़ी हो जाती। चम्बे शहर के मकान उसको एक जगमगाते बिन्दु के समान दिखाई देते, फिर वे बिन्दु उसके मन में एक चमक पैदा कर देते।

मायके वह वर्ष-भर में एक बार आश्विन के महीने में जाती थी। हर साल इन दिनों उसके मायके में चुगान का मेला लगता था। माता-पिता उसको लिवाने के लिए आदमी भेज देते थे। सिर्फ गुलेरी की ही नहीं गुलेरी की सभी सहेलियों के मायके अपनी लड़कियों को बुलावा भेज देते थे। सभी सहेलियाँ जब एक-दूसरे के गले मिलतीं तो वर्ष-भर की सभी ऋतुओं के दुःख-सुख की बातें एक-दूसरी से कह-सुन लेतीं और अपने मायके की गलियों में हिरनियों के समान चौकड़ी भरती स्वच्छन्द घूमतीं।

दो-दो, तीन-तीन बच्चों की माताएँ बड़े बच्चों को उनके दादा-दादी के पास छोड़ आतीं और गोद वाले को मायके पहुँचते ही ननिहाल वालों के हवाले कर देतीं। मेले के लिए नए कपड़े सिलवातीं। चुनरियों को रंगवातीं और अबरक लगवातीं। मेले में से काँच की चूड़ियाँ और चाँदी की बालियाँ खरीदतीं। मेले में से खरीदी हुई सुगन्धित साबुन की टिक्कियों को अपने बदन पर ऐसे मलतीं जैसे वह अपने खोए हुए कुँवारे यौवन की गन्ध को फिर से सूँघना चाहती हों।

गुलेरी कितने ही दिनों से आज के दिन का इन्तज़ार कर रही थी। आश्विन का आसमान जब सावन-भादों की बरसात के साथ हाथ-पाँव धोकर निखर बैठता था, गुलेरी और गुलेरी जैसी ससुराल में बैठी लड़कियाँ पशुओं को दाना-पानी डालतीं, सास-ससुर के लिए दाल-चावल राँधतीं और हर रोज़ हाथ-पाँव धोकर बन-सँवर बैठतीं तो मन में सोचने लगतीं आज नहीं तो कल, कल नहीं तो परसों कोई न कोई उनके मायके से उनको लेने के लिए आता होगा।

आज गुलेरी के घर के दरवाज़े के सामने उसके मायके की घोड़ी हिनहिनाई तो गुलेरी चँचल हो उठी। घोड़ी लेकर आए नत्थू कामे को गुलेरी ने बैठने के लिए चौकी दी।

गुलेरी को कुछ कहने की ज़रूरत नहीं थी। उसके मुँह का रंग स्वयं सब कुछ बता रहा था। मानक ने तम्बाकू का एक लम्बा कश खींचा और आँखें बन्द कर लीं, जाने उससे तम्बाकू का नशा न झेला गया या गुलेरी के मुँह का रंग।

''इस बार तो मेला देखने आएगा न, चाहे दिन का दिन ही सही।'' गुलेरी ने मानक के पास बैठकर बड़े दुलार से कहा।

मानक के हाथ काँपे, उसने हाथों में पकड़ी हुई चिलम को एक ओर रख दिया।

''बोलता क्यों नहीं?'' गुलेरी ने रोष के साथ कहा।

''गुलेरी, एक बात कहूँ?''

''मैं जानती हूँ तूने क्या कहना है। क्या यह बात तुझे कहनी चाहिए? साल-भर में एक बार तो मैं मायके जाती हूँ। फिर तू मुझे ऐसे क्यों रोकता है?''

''आगे तो मैंने तुझे कभी भी कुछ नहीं कहा?''

''फिर इस बार क्यों कहता है?''

''इस बार...बस इस बार...'' मानक के मुँह से एक लम्बी आह निकल गई।

''तेरी माँ तो मुझे कुछ कहती नहीं, फिर तू क्यों रोकता है?'' गुलेरी की आवाज़ में बच्चों जैसी ज़िद थी।

''मेरी माँ...'' मानक ने अपना मुँह बंद कर लिया। जैसे आगे की बात को उसने दाँतों तले दबा लिया हो।''

दूसरे दिन गुलेरी मुँह अँधेरे बन-सँवरकर तैयार हो गई। गुलेरी का न कोई बड़ा बच्चा था, न गोद का। न किसी को ससुराल में छोड़ना था न किसी को मायके ले जाना था। नत्थू ने घोड़ी पर काठी कसी और गुलेरी के सास-ससुर ने उसके सिर पर प्यार दिया।

''चल, दो कोस मैं भी तेरे साथ चलूँगा।'' मानक ने कहा। गुलेरी ने खुश होकर मानक की बाँसुरी अपने आँचल में रख ली।

वे खजियार पार कर गए। आगे एक कोस और लाँघ गए। फिर चम्बे की

उतराई आरम्भ हो गई। गुलेरी ने आँचल में से बाँसुरी निकाली और मानक के हाथ में थमा दी।

सामने कठिन उतराई थी। पाँव जैसे फिसल रहे थे। गुलेरी ने मानक का हाथ पकड़ा और रुककर कहने लगी :

''बजाता क्यों नहीं बाँसुरी?''

सोच भी जैसे उतराई उतर रही थी। मानक का मन फिसलता जा रहा था। गुलेरी ने जब मानक का हाथ पकड़ा तो मानक ने चौंककर उसकी ओर देखा।

''बजाता क्यों नहीं बाँसुरी?'' गुलेरी ने फिर कहा।

मानक ने बाँसुरी होंठों के साथ लगाई, फूँक मारी पर बाँसुरी में से ऐसा स्वर निकला जैसे बाँसुरी की ज़बान पर छाले पड़ गए हों।

''गुलेरी तू मत जा, मैं तुझे फिर कहता हूँ मत जा। इस बार मत जा।''

मानक ने हाथ की बाँसुरी गुलेरी को वापस कर दी।

''कोई बात भी तो हो? अच्छा तू मेले के दिन चला आइयो। मैं तेरे साथ लौट आऊँगी। पीछे नहीं रहूँगी, सच्च कहती हूँ, पक्की बात।''

मानक ने कुछ न कहा पर उसने गुलेरी के मुँह की ओर ऐसे देखा जैसे वह कहना चाहता हो 'गुलेरी यह बात पक्की नहीं। यह बहुत कच्ची है।' पर मानक ने कुछ न कहा...जैसे उसको कुछ कहना न आता हो।

गुलेरी और मानक सड़क से थोड़ा-सा हटकर एक पत्थर के साथ अपनी पीठ टेककर खड़े हो गए। नत्थू ने दस कदम आगे बढ़कर घोड़ी खड़ी कर दी थी पर मानक का मन कहीं भी खड़ा नहीं हो रहा था।

मानक का मन घूमता-फिसलता आज से सात वर्ष पीछे तक चला गया। यही दिन थे जब मानक अपने मित्रों के साथ इस सड़क को लाँघता हुआ चौगान का मेला देखने चम्बे गया था। मेले में काँच की चूड़ियों से लेकर गायों-बकरियों तक कुछ न कुछ खरीद और बेच रहे थे। इसी मेले में मानक ने गुलेरी को देखा था और मानक को गुलेरी ने। फिर दोनों ने एक-दूसरे का दिल खरीद लिया था।

वे दोनों अवसर देखकर एक-दूसरे को मिले थे। 'तू तो दुधिया बुट्टे जैसी है।' मानक ने यह कहकर गुलेरी का हाथ पकड़ लिया था।

'पर कच्चे बुट्टे को पशु मुँह मारते हैं।' यह कहकर गुलेरी ने हाथ छुड़ा लिया था और मुसकराते हुए कहा था :

'इन्सान तो बुट्टे को भून कर खाते हैं। यदि साहस है तो मेरे पिता से मेरा रिश्ता माँग ले।'

मानक के दूर-पास के सम्बन्धियों में जब भी किसी का ब्याह होता था तो लड़के वाले मूल्य चुकाते थे।

मानक डर रहा था कि पता नहीं गुलेरी का पिता कितना रुपया माँग ले। पर गुलेरी का बाप खाता-पीता आदमी था। और फिर वह दूर शहर में भी रह आया था। वह अपने मन में यह निश्चय किए हुए था कि वर वालों से बेटी के पैसे नहीं लूँगा। जहाँ पर अच्छा घर और वर मिलेगा वहीं पर अपनी लड़की का ब्याह कर दूँगा। मानक के इस काम में कोई कठिनाई नहीं हुई। दोनों के दिल मिले हुए थे। दोनों ने ब्याह का रास्ता ढूँढ लिया था।

"आज तू क्या सोच रहा है? तू मुझे अपने मन की बात क्यों नहीं बताता?" गुलेरी ने मानक के कन्धे को हिलाते हुए कहा।

मानक ने गुलेरी की ओर ऐसे देखा जैसे उसकी ज़बान पर छाले पड़ गए हों।

घोड़ी हिनहिनाई। गुलेरी को आगे का रास्ता स्मरण हो आया। वह चलने के लिए तैयार हुई और मानक से कहने लगी:

"आगे चलकर नीले फूलों का वन आता है। कोई दो मील होगा। तू जानता है न, उस वन को पार करने वालों के कान बहरे हो जाते हैं।"

"हाँ," मानक ने धीरे से कहा।

"मुझे ऐसा लग रहा है जैसे हम उस वन में से गुज़र रहे हैं। तुझे मेरी कोई बात सुनाई ही नहीं देती है।"

"तू सच कहती है गुलेरी। मुझे तुम्हारी कोई बात सुनाई नहीं देती और तुझे मेरी कोई बात सुनाई नहीं देती।" मानक ने एक लम्बी साँस ली।

दोनों ने एक-दूसरे के मुँह की ओर देखा। पर दोनों एक-दूसरे की बात नहीं समझ सके।

"मैं अब जाऊँ? तू वापस चला जा। तू बड़ी दूर आ गया है।"

गुलेरी ने धीरे से कहा।

"तू इतना रास्ता पैदल चलती आई, घोड़ी पर नहीं बैठी। अब घोड़ी पर बैठ जाना।" मानक ने उसी प्रकार धीरे से कहा।

"यह ले पकड़ अपनी बाँसुरी।"

"तू अपने साथ ही ले जा।"

"मेले के दिन आकर बजाएगा?" गुलेरी हँस दी। उसकी आँखों में धूप चमक रही थी।

मानक ने अपना मुँह दूसरी ओर कर लिया। शायद उसकी आँखों में बादल उमड़ आए थे।

गुलेरी ने मायके का रास्ता लिया और मानक लौट आया।

"माँ...!" घर पहुँचकर मानक इस तरह खाट पर गिर पड़ा जैसे वह बड़ी मुश्किल से खाट तक पहुँच पाया हो। "बड़ी देर लगाई। मैं तो सोचती थी शायद तू उसको आखिर तक छोड़ने चला गया है।" माँ ने कहा।

''नहीं माँ, आख़िर तक नहीं गया। रास्ते के बीच ही छोड़ आया हूँ।'' मानक का गला रुँध गया।

''औरतों की तरह रोता क्यों है? मर्द बन।'' माँ ने रोष से कहा।

मानक के मन में आया कि वह माँ से कहे : ''पर तू तो औरत है, एक बार औरतों की तरह रोती क्यों नहीं?''

मानक को गुलेरी की एक बात स्मरण हो आई।

'हम नीले फूलों वाले वन में से गुज़र रहे हैं जहाँ पर सभी के कान बहरे हो जाते हैं।' मानक को ऐसे महसूस हुआ कि आज किसी को उसकी बात सुनाई नहीं देती। सारा सँसार जैसे नीले फूलों का वन है और सभी के कान बहरे हो गए हैं।

सात वर्ष हो गए थे। गुलेरी की अभी तक कोख नहीं हरियाई थी। माँ कहती थी, ''अब मैं आठवाँ वर्ष नहीं लगने दूँगी।'' माँ ने पाँच सौ रुपया देकर भीतर ही भीतर मानक के दूसरे ब्याह की बात पक्की कर ली थी। वह उस समय की इन्तज़ार में थी कि जब गुलेरी मायके जाएगी, वह नई बहू का डोला घर ले आएगी।

इसके बाद मानक को ऐसे महसूस हुआ जैसे उसके दिल का माँस सो गया था। गुलेरी का प्यार उसके दिल में चुटकी भर रहा था। पर उसके दिल को कुछ महसूस नहीं हो रहा था। नई बहू की कोख से उत्पन्न होने वाले बच्चे की हँसी उसके दिल को गुदगुदा रही थी, पर उसके दिल को कुछ नहीं हो रहा था। जाने उसके दिल का माँस सो गया था।

सातवें दिन मानक के घर उसकी नई बहू बैठी हुई थी।

मानक के सभी अंग जाग रहे थे, एक उसके दिल का माँस सोया हुआ था। दिल के सोए हुए माँस को उसके जाग रहे अंग सभी स्थानों पर ले गए थे। नई ससुराल में भी और नई बहू के बिछौने पर भी।

मानक मुँह अँधेरे अपने खेत में बैठा हुआ तम्बाकू पी रहा था जब मानक का एक पुराना मित्र वहाँ से गुज़रा।

''इतने बड़े सवेरे कहाँ चला भवानी?''

भवानी एक मिनट चौंककर ठहर गया। चाहे उसने अपने कन्धे पर एक छोटी-सी गठरी उठाई हुई थी फिर भी धीरे से कहने लगा : ''कहीं नहीं।''

''कहीं तो चला है। आ बैठ तम्बाकू पी ले।'' मानक ने आवाज़ दी।

भवानी बैठ गया और मानक के हाथ से चिलम लेकर पीता हुआ कहने लगा—''चम्बे चला हूँ, आज वहाँ मेला है।''

मेले के शब्द ने मानक के दिल में जाने कैसी सुई चुभो दी, मानक को महसूस हुआ उसके भीतर कहीं पीड़ा हुई थी।

''आज मेला है?'' मानक के मुँह से निकला।

‘‘हर वर्ष आज के दिन ही होता है।’’ भवानी ने कहा। फिर नानक की ओर ऐसे देखा जैसे वह यह भी कह रहा हो, ‘तू भूल गया है इस मेले को? सात वर्ष हुए जब तू मेले में गया था। मैं भी तो तेरे साथ था। तूने तो इसी मेले में मुहब्बत की थी।’

भवानी से कहा कुछ नहीं, पर मानक को ऐसे महसूस हुआ कि जैसे उसने सब कुछ सुन लिया था। उसको भवानी पर गुस्सा आ रहा था कि वह सब कुछ क्यों सुन रहा है।

भवानी मानक की चिलम छोड़कर उठ खड़ा हुआ। उसकी पीठ पर लटक रही गठरी में से उसकी बाँसुरी का सिरा बाहर निकला हुआ था। भवानी चलता जा रहा था।

मानक उसकी पीठ को देखता रहा। पीठ पर रखी हुई छोटी-सी गठरी को देखता रहा। गठरी में से निकले हुए बाँसुरी के सिरे को देखता रहा।

‘भवानी और भवानी की बाँसुरी मेले जा रहे हैं।’ मानक को अपनी बाँसुरी स्मरण हो आई जब उसने मायके जा रही गुलेरी को अपनी बाँसुरी देते हुए कहा था–‘इसे तू साथ ले जा।’ फिर मानक को ख्याल आया, ‘और मैं?’

मानक का मन आया कि वह भी भवानी के पीछे-पीछे दौड़ पड़े। वह अपनी उस बाँसुरी के पीछे दौड़ पड़े जो उससे पहले मेले में चली गई थी।

मानक ने हाथ से चिलम फेंक दी और भवानी के पीछे-पीछे दौड़ पड़ा। फिर मानक की टाँगें काँपने लग पड़ीं। वह वहीं का वहीं बैठ गया।

मानक को सारा दिन और सारी रात मेले जा रहे भवानी की पीठ दिखाई देती रही।

दूसरे दिन तीसरे पहर का समय था जब मानक अपने खेत में बैठा हुआ था। उसको मेले में से आते हुए भवानी का मुँह दिखाई दिया।

मानक ने मुँह एक ओर कर लिया। उसने सोचा कि मुझको न तो भवानी का मुँह दिखाई दे और न भवानी की पीठ। इस भवानी को देखकर उसको मेले की याद आ जाती थी और यह मेला उसके सोए हुए दिल के माँस को जगा देता था। और जब वह माँस जाग पड़ता था उसमें बहुत पीड़ा होती थी।

मानक ने मुँह फेर लिया, पर भवानी चक्कर काटकर भी मानक के सामने आ बैठा। भवानी का मुँह ऐसा था, जैसे किसी ने जल रहे कोयले पर अभी-अभी पानी डाला हो। और उसके ताप का रंग अब लाल न होकर काला हो।

मानक ने डरकर भवानी के मुँह की ओर देखा।

‘‘गुलेरी मर गई।’’

‘‘गुलेरी मर गई?’’

‘‘उसने तुम्हारे विवाह की बात सुनी और मिट्टी का तेल अपने ऊपर डालकर जल मरी।’’

‘‘मिट्टी का तेल?’’

इसके बाद मानक बोला नहीं। पहले भवानी डरा। फिर मानक के माँ-बाप डर गए, और फिर मानक की नई बहू डर गई कि मानक को पता नहीं क्या हो गया था। वह न किसी के साथ बोलता था और न किसी को पहचानता दीखता था।

कई दिन बीत गए। मानक समय पर रोटी खाता, खेती का काम भी करता और सभी के मुँह की ओर ऐसे देखता जैसे वह किसी को भी न पहचानता हो।

‘‘मैं उसकी औरत काहे की हूँ? मैं तो सिर्फ इसके फेरों की चोर हूँ।’’

नई बहू दिन-रात रोने लगी। यह फेरों की चोरी अगले महीने मानक का नई बहू की और मानक की माँ की आशा बन गई। बहू के दिन चढ़ गए थे। माँ ने मानक को अकेले में बैठाकर यह बात सुनाई। पर मानक ने माँ के मुँह की ओर ऐसे देखा जैसे यह बात उसकी समझ में न आई हो।

मानक को चाहे कुछ समझ में नहीं आया था पर वह बात बड़ी थी। माँ ने नई बहू को हौसला दिया कि तू हिम्मत से यह बेला काट ले। जिस दिन मैं तुम्हारा बच्चा मानक की झोली में रखूँगी तो मानक की सभी सुधियाँ पलट आएँगी। फिर वह बेला भी कट गई। मानक के घर बेटा पैदा हुआ। माँ ने बालक को नहलाया-धुलाया, कोमल रेशमी कपड़े में लपेटकर मानक की झोली में डाल दिया।

मानक झोली में पड़े हुए बच्चे को देखता रहा, फिर जैसे चीख उठा, ‘‘इसको दूर करो, दूर करो, मुझे इसमें मिट्टी के तेल की बू आती है।’’

मैं सब जानता हूँ

‘‘देखो न इस बेलदार को—पँखे की तरह झूलता चला आता है—’’ ठेकेदार जैलसिंह ने तारासिंह मिस्त्री की ओर मुँह घुमाकर कहा और फिर अपनी आवाज़ को आधी गीठ ऊपर उठाकर बेलदार को कहने लगा, ‘‘ठीक से पकड़ तसले को और पाँव उठा...तसले के सिर को कहीं पीड़ तो नहीं होती...’’ और फिर ठेकेदार जैलसिंह अपनी आवाज़ को आधी गीठ और ऊपर उठाकर एक बेलदार को नहीं, सब बेलदारों को कहने लगा, ‘‘ढाई रुपये रोज़ के लिए मुँह उठाए बैठे हैं...पाँच बजने नहीं देते...मैं सब जानता हूँ...।’’

‘‘वो कुली कहाँ मर गई। मैंने उन्हें ईंटें लाने के लिए कहा था...’’ तारासिंह मिस्त्री मुंडेर से नीचे झाँकते हुए बोला और देखा कि दोनों मज़दूर औरतें सिर पर तसलों में से मलबे को फेंककर अभी मलबे के पास ही खड़ी हुई थीं।

‘‘ओ छोकरी!’’ तारासिंह ने धमकाया।

दोनों मज़दूर औरतें हाथों में खाली तसलों को पकड़े जब सीढ़ियाँ चढ़कर ऊपर आईं तो आते ही तारासिंह मिस्त्री के पीछे पड़ गईं, ‘‘हमें छोकरी बुलाए है?...देख जो ज़रा अपनी शक्ल को...’’

‘‘क्या हो गया मेरी शक्ल को...तुझसे तो अच्छी है...नहीं तो शीशा लाकर देख ले...’’

‘‘देखा बड़ा सकल वाला...हमको छोकरी क्यों बुलाए है?’’

‘‘छोकरी कोई गाली तो नहीं होती।’’

‘‘इत्ती-सी लड़की को छोकरी कहते हैं...तू हमको छोकरी बुलाए है?’’

मिस्त्री ने समझा था कि मज़दूर औरतों को छोकरी शब्द का पता नहीं था, उन्होंने इसे गाली समझ लिया था, इसीलिए लड़ रही थीं, पर जब उसने सुना कि उन्हें छोकरी शब्द का पता था, और वे इसलिए नहीं लड़ रही थीं कि यह कोई गाली थी, बल्कि इसलिए चिढ़ी हुई थीं कि मिस्त्री ने उन्हें छोटी बच्चियाँ समझ रखा था, जवान औरतें क्यों नहीं समझा था—इसलिए मिस्त्री हँसने लगा।

“फूलमती है मेरा नाम और इसका सोनमती...” एक ने दूसरी की ओर देखा और फिर दोनों हँसने लगीं।

“फूलमती क्या, तुम कहो तो मैं फूला रानी बुला लिया करूँ तुम्हें...मगर ईंटें तो ला दे...”

“क्यों लाऊँ जी ईंटें? पहले मलबा उठाने को क्यों कहा था? सुबह से हम मलबा उठा रही हैं। अब तो मलबा ही उठाएँगी। ईंटें मँगवानी थीं तो सुबह ही ईंटों पर लगा देते...”

“मेरी मर्ज़ी है मैं मलबा उठवाऊँ—मेरी मर्ज़ी है मैं ईंटें मँगवाऊँ...”

“हाय-हाय मर्ज़ी तो देख इसकी...”

“हाँ-हाँ देख मेरी मर्ज़ी, मैं अभी ठेकेदार से कहता हूँ...”

“देखो मिस्त्रीजी—शिकायतों से काम नहीं होगा—मैं बताए देती हूँ...”

“तू काम नहीं करेगी तो मैं शिकायत करूँगा...”

“काम से थोड़े ही भागती हूँ...तुम बात ही ऐसी करत हो...”

“क्या बात की है मैंने?”

“काम लेना हो तो सुबह आते ही अपने-अपने बेलदार बाँट लिया करो...आज तूने कलुया को कहा था। ईंटें लाने के लिए...अब कलुया से मँगा लो...”

“कलुया रोड़ी बनाने के लिए गया है।”

“रोड़ी तो सिरमिट वाला बनाएगा—रोड़ी बनाना तो उसी का काम है...”

इतनी देर में ठेकेदार सीमेन्ट की बोरियाँ निकलवाकर फिर छत पर आ गया था। आते ही तारासिंह को दबाकर बोला, “तू इनमें कहाँ उलझ बैठा...निरी काँय-काँय... मैं सब जानता हूँ...”

“मेरे पास ईंटें कम थीं—मैंने इन्हें कहा कि दो-एक फेरे लगा दो—इतने में कलुया आ जाएगा—काम चालू रहे—इसलिए मैंने कहा था...”

“देखो ठेकेदार जी! यह मिस्त्री हमको छोकरी बुलाता है...” फूलमती ने बीच में कहा।

“ये कैंचियाँ कहाँ से पकड़ लाए तारासिंह। बागड़िनियों का कोई मुकाबला नहीं। काम भी दुगना करती हैं और ज़बान नहीं हिलातीं...”

ठेकेदार ने मिस्त्री से ध्यान हटाकर दोनों कुली औरतों की तरफ घूरकर देखा। और उसने अभी पिछले आठ दिनों से जो बात नहीं देखी थी, वह भी देखी कि उन दोनों में से जो फूलमती थी, उसके पेट में कोई छः महीनों का बच्चा था। वह शायद घड़ी-पल साँस लेने के लिए ही लड़ाई छेड़ बैठी थी। और ठेकेदार की आँखें और कड़वी हो गईं। “मैं सब जानता हूँ...” ठेकेदार ने कहा।

“क्या जानत हो ठेकेदार जी?” फूलमती ने चमककर पूछा।

‘‘चल-चल काम कर तू...काम तुमसे होता नहीं...बातें करती हो।’’ ठेकेदार ने फिर फूलमती के पेट की ओर देखा।

‘‘क्या देखते हो ठेकेदारजी?’’ फूलमती ने सिर के पल्लू को मुँह की ओर खींचा और हँसने लगी।

‘‘तुम्हारा मर्द कहाँ है! कमाता कुछ नहीं मर्दुआ?’’ ठेकेदार ने कुछ रहम से और कुछ क्रोध से पूछा।

‘‘मेरा मर्द? वह तो मर गया। अब काम नहीं करूँगी तो खाऊँगी क्या?’’

‘‘तुमसे यह काम नहीं होने का, न ईंट ढोने का, न मलबा उठाने का...?’’

‘‘जानती हूँ ठेकेदार जी। पर का करूँ...खेत में काम करती थी मैं, गोभी का अब तो मौसम न रहिवो...बस तम्बाखू का खेत है। मालिक एक रुपया देता है रोज का... फिर भी करती। पर तम्बाखू की बू बहुत चढ़े है। सिर को चक्कर आ जाए खड़ी-खड़ी को...’’ फूलमती की आवाज़ हलीमी में आ गई। वह झगड़ा करती-करती तसले में मलबा डालती रही थी, अब उसने कपड़ा मरोड़कर सिर पर रखा और मलबे के भरे हुए तसले को सोनमती से उठवाती तारासिंह मिस्त्री की ओर मुँह करके कहने लगी, ‘‘तुम गुस्सा न होवो मिस्त्रीजी...मैं ईंटें लाए देती हूँ—बस यह तसला उड़ेल दूँगी, ईंटें ले आऊँगी...’’

‘‘बस ऐसे काम किया कर ना—बीच में काँय-काँय क्या करती है...’’

‘‘मैं काँय काँय करती हूँ?’’

‘‘और नहीं तो क्या? अब बोलेगी तो मैं तुम्हारा नाम काँय काँय-रख दूँगा...’’

‘‘घर में औरत तो होगी मिस्त्रीजी?’’ सीढ़ियाँ उतरते हुए फूलमती ने पूछा।

‘‘हाँ, है।’’ मिस्त्री तारासिंह ने चौखट के बैरे की कील ठोंकते हुए जवाब दिया।

‘‘तो उसका नाम काँय-काँय रख दो न’’ सीढ़ियाँ उतरती हुई फूलमती ने कहा और फिर हँसने लगी।

‘‘तुमने भाई उसे क्यों मुँह लगा लिया?’’ ठेकेदार ने पास से कहा।

‘‘मुँह तो मैंने नहीं लगाया ठेकेदार जी...ऐसे ही मुँह का स्वाद खराब करना था?’’ मिस्त्री हँसने लगा।

‘‘मैं सब जानता हूँ। अभी तू ध्यान लगाकर काम कर। आज मैंने बड़ी शिल्फ डलवानी है।’’ ठेकेदार ने अभी इतना ही कहा था कि उसे याद आया, पिछले कई महीनों से तारासिंह की औरत बीमार थी। इसलिए हमदर्दी से पूछने लगाः

‘‘क्यों भाई तारे! तुम्हारी औरत बीमार थी...अब तो ठीक है न?’’

‘‘ठीक तो नहीं सरदार जी। सुस्त पड़ी रहती है...जाने क्या बीमारी है उसे?’’

‘‘कहीं मायके जाने की तो बीमारी नहीं भाई! मैं जानता हूँ, इन औरतों को...’’

‘‘मैंने कोई बाँधकर तो नहीं रखी हुई...’’

“फिर एक-दो लगा देनी थी।”

“नहीं सरदार जी! मुझसे मारा नहीं जाता औरत को।”

“न भाई, मारना भी नहीं चाहिए...यूँ ही कहीं रस्सी तुड़ा ले—आदमी मगर औरत को मारे तो बाँधकर मारे...नहीं तो उसे कभी न मारे...”

“बाँधकर कैसे ठेकेदार जी?”

“तू समझा कर बात को भाई...”

“मैं तो कुछ नहीं समझा...”

ठेकेदार की हँसी उसकी घनी मूँछों में फँस गई और वह कहने लगा, “घर में कोई बच्चा-मुन्ना हो तो भले ही औरत को पीट डालो, वह नहीं जाती कहीं। मैं सब जानता हूँ...”

“आपके तो अब बच्चा हो गया है ठेकेदार जी। कभी यह नुस्खा इस्तेमाल किया है?” मिस्त्री की हँसी उसकी पतली मूँछों से छनने लगी।

ठेकेदार ने अभी जबाव नहीं दिया था कि फूलमती मलबे वाला खाली तसला हाथ में पकड़े छत के ऊपर आ गई। नीचे ईंटों का ट्रक आया था। ठेकेदार पर्ची पर दस्तखत करने के लिए नीचे चला गया।

“ओ काँय-काँय, तू ईंटें नहीं लाई?” मिस्त्री ने फूलमती से रोष से पूछा।

“जो काँय-काँय होगी वह ईंटें लाएगी। मैं तो फूलमती हूँ।” फूलमती ने एक नखरे से कहा और खाली तसले में मलबा भरने लगी।

“अब मैं तेरे से बात ही नहीं करूँगा...वह आ गया कलुया...जा रे कलुया। जल्दी से ईंटें ले आ, देखना सूखी ईंटें मत लाना...तराई कर लेना।”

“अब मैं तेरे से बात नहीं करूँगा...” फूलमती ने मुँह चिढ़ाया और कहने लगी, “तो कौन बात करता है तेरे से मिस्त्री जी!”

“मलबा तो आज ही उठ जाएगा—तू फिर कल क्या करेगी?...कल मत आना काम पर...”

“हाय-हाय! मत आना काम पर।” फूलमती ने मिस्त्री की नकल उतारी और कहने लगी, “हम तो अपना-अपना मिस्त्री बाँट लेंगी... मैं दूसरे मिस्त्री को ईंटें लाकर दूँगी।”

“जा-जा, जहन्नुम में जा...”

“जहन्नुम क्या होता है मिस्त्री जी?”

“मैं कहता हूँ तू चली जा यहाँ से, नहीं तो मैं तुम्हें अभी जहन्नुम दिखा दूँगा...।”

“बड़े आए जहन्नुम दिखाने वाले...लो बैठी हूँ तुम्हारे सामने...”

“आता है ठेकेदार अभी, तेरे को सीधा करेगा।”

‘‘क्या करेगा ठेकेदार, मारेगा मुझे? मेहनत करके कमाती हूँ, खाती हूँ। ठेकेदार के पल्ले से नहीं खाती—जिसके पल्ले से खाती थी मैंने उसको छोड़ दिया।’’

‘‘तू तो कहती थी तेरा मर्द मर गया है?’’

‘‘जब छोड़ दिया तो फिर क्या है? वह जीता भी है तो मुझे क्या?’’

‘‘तूने अपने मर्द को क्यों छोड़ दिया?’’

‘‘बहुत सराब पीता था। मेरे को मारता था...एक दिन उसने बहुत मारा।’’

‘‘कुछ तेरा भी कसूर होगा?’’

‘‘उसने मेरे सारे गहने बेच दिए। मैंने उजर किया तो मारने लगा...’’

फूलमती मलबे के भरे तसले को उठाती कुछ और भी कहने लगी थी कि ठेकेदार छत पर आ गया और कहने लगाः

‘‘तुम्हें बिगाड़ दिया बातों ने—भाईतारे। कौला नौ इंची का लगाना था।’’

‘‘नौ इंच का ही तो लगाया है ठेकेदार जी...’’

‘‘अच्छा-अच्छा मैंने कहा कि भई तू बातों में...आज यह बड़ी शिल्फ जरूर डालनी है। हाथों को ज़रा तेज कर ले।’’

‘‘सरिया चार इंची पर लगाना है या तीन इंची पर?’’

‘‘चार इंची पर भाई, चार इंची पर। लोहे को तो आग लगी हुई है। तीन इंची का भला यहाँ क्या काम है...’’

‘‘आप रोड़ी मँगवाएँ, मेरी दो रद्दें रह गई हैं, और दूसरे मिस्त्रियों को भी इधर बुला लो।’’

‘‘नीचे एक-एक इंची की रोड़ी डलवा देना—फिर सरिया बिछाकर एक-एक इंची और डाल देना—बस इससे अधिक की ज़रूरत नहीं।’’

‘‘अच्छा जी।’’

‘‘हाँ भई, तुम खुद समझदार हो। लोग काम तो कहते हैं कि अव्वल दर्जे का हो और पैसे उतारते हुए दाएँ-बाएँ करते हैं। मैं सब जानता हूँ...’’

‘‘आपको करनल वाली कोठी के पैसे अभी उतरे हैं या नहीं?’’

‘‘कहाँ भाई?...वहाँ तो और ही...मामला बन गया...’’

‘‘क्या हो गया वहाँ?’’

‘‘वहाँ पड़ोस में भी एक कोठी बन रही थी न...’’

‘‘हाँ।’’

‘‘बस भाई उनकी आपस में लग गई।’’

‘‘लड़ाई हो गई उनकी?’’

‘‘लड़ाई काहे को...उनका आना-जाना हो गया।’’

‘‘फिर?’’

“करनल को मन में शक हो गया...उसने भाई कोठी अपने नाम करवा ली...”

“पहले उसकी औरत के नाम थी?”

“ज़मीन का बियाना उसी के नाम पर दिया था भाई...”

“फिर?”

“औरत को जब पता चला उसने मुकदमा कर दिया, वह जो ऐंकल था न, उसने—शह दी थी।”

“ऐंकल कौन-सा ठेकेदार जी?”

“अरे तू बात समझा कर। वह औरत का ऐंकल नहीं था...उसके लड़के-लड़कियाँ उसे ऐंकल बुलाते थे...”

“अंकल...अच्छा अंकल।”

“भई हम पढ़े हुए नहीं। पर इतना हम तभी जान गए थे कि यह जो नया ऐंकल बना है...कोई गुल ही खिलाएगा।”

“फिर?”

“फिर जी वह औरत कचहरी पहुँची...यह कचहरी के मामले बड़े टेढ़े होते हैं...”

“फिर क्या बना ठेकेदार जी?”

“उनका तो जाने क्या बनेगा...पर मैं तो मारा गया भाई। न वह औरत मेरा बिल उतारती है और न वह करनल...”

“बिल तो ठेकेदार जी अब ऐंकल को उतारना चाहिए।”

“मैं सब जानता हूँ—इन ऐंकलों को...यह मर्दुए बिल उतारेंगे...करनल को चाहिए था कि औरत को पहले ही दबाकर रखता।”

मिस्त्री ने हाथ का काम खत्म कर लिया था, इसलिए ठेकेदार ने मुंडेर से झाँककर बेलदारों को आवाज़ दी कि वे रोड़ी के तसले भर के ले आएँ...।

“पाँच तो बज गए ठेकेदार जी। अब शिल्फ कैसे पड़ेगा?” फूलमती ने छत पर आते हुए कहा।

“तुमने घड़ी बाँधी हुई है हाथ पर? पाँच कहाँ बज गए अभी?”

“मैं तो ठेकेदार जी बिगर घड़ी के बता दूँ, तुम देख लो घड़ी में।”

“तू तो सवेरे भी मटककर आती है। तुमसे मैं छः बजे तक काम करवाऊँगा। मैं सब जानता हूँ।”

शैल्फ पड़ गया। छः बजने वाले हो गए। ठेकेदार ने मिस्त्रियों को और बेलदारों को ताकीद की कि वे सवेरे आठ बजे से दस मिनट पहले ही पहुँच जाएँ, दस मिनट ऊपर न होने दें, “कल छजलियाँ डाल देनी हैं और परसों सारी दीवारों को छतों तक पहुँचा देना है।”

सबेरे, आठ बज गए, नौ बज गए, दस बज गए। काम चालू हो गया था पर सारे मिस्त्री और बेलदार हैरान थे कि ठेकेदार अभी तक नहीं आया था।

कल चाहे फूलमती ने कहा था कि वह तारासिंह मिस्त्री को ईंटें नहीं पकड़ाएगी, पर आज जब सब बेलदारों ने अपने-अपने मिस्त्री चुने तो फूलमती ने तारासिंह को अपना मिस्त्री चुन लिया।

‘‘आज तो मिस्त्री जी, मुझे डर लागे...’’ फूलमती ने सिर पर उठाई ईंटों को नीचे मिट्टी के एक ढेर पर फेंकते हुए कहा।

‘‘काहे का डर लागे फूलमती?’’

‘‘आज ठेकेदार को जाने कोई मुसीबत पड़ गई।’’

‘‘किसी काम को गया होगा...अभी आता होगा...’’

‘‘आज तो मेरा दिल कहता है कि कोई बुरी बात होगी।’’

काम चालू था। एक ठेकेदार नहीं आया था। पूरी चहल-पहल बुझी हुई थी। आज फूलमती भी मिस्त्री से नहीं लड़ रही थी।

खाने के समय तक सबको ठेकेदार के आने की उम्मीद थी। पर उसके बाद तारासिंह मिस्त्री के मुँह से भी रह-रहकर निकलने लगा, ‘‘आज न जाने ठेकेदार का क्या बना...वह रहनेवाला तो नहीं था।’’

शाम तक छजलियाँ पड़ गईं, कल दीवारें ऊँची हो जानी थीं। छत बाँधने के समय ठेकेदार का पास होना जरूरी था। इसलिए तारासिंह मिस्त्री ने सबको कहा कि वह रात को ठेकेदार के घर जाएगा और पता करेगा कि क्या बात हुई।

अगले दिन सवेरे जब सब मिस्त्री और बेलदार काम पर पहुँचे तो ठेकेदार अब भी कहीं दिखाई नहीं देता था। सब तारासिंह मिस्त्री के मुँह की ओर देखने लगे।

‘‘ठेकेदार आएगा अभी। थोड़ी देर के बाद आएगा...हम काम चालू करेंगे...वह कुछ बीमार है...’’ तारासिंह मिस्त्री ने सबको यह बात कही पर उसके मुँह से लगता था कि बात कुछ और थी।

फूलमती कुछ देर तारासिंह मिस्त्री को चुपचाप ईंटें पकड़ाती रही, फिर धीरे से पूछने लगी, ‘क्या बात हो गई मिस्त्री जी?’’

‘‘बात...बात तो कुछ नहीं।’’ मिस्त्री ने बात टाल दी।

दोपहर के समय जब रोटी खाने की छुट्टी हुई तो नीम के पेड़ के नीचे बैठकर रोटी खा रहे तारासिंह मिस्त्री से फूलमती फिर पूछने लगी, ‘‘हमको नहीं बताओगे मिस्त्री जी?’’

‘‘बता तो दिया, ठेकेदार बीमार है।’’

‘‘झूठ बोलते हो मिस्त्री जी।’

“मैं झूठ बोलता हूँ तो ठेकेदार के घर चली जा, उससे पूछ ले...”

“तुम्हारी मर्जी, मिस्त्री जी! हमने क्या करना है, पूछकर...यह तो ऐसे ही...किसी के दुःख से दुःख लागै...”

मिस्त्री कुछ देर फूलमती के मुँह की ओर देखता रहा। फिर बोला, “बात बड़ी खराब है, फूलमती, किसीसे बताना नहीं...”

फूलमती बोली कुछ नहीं, उसने केवल इन्कार में सिर हिला दिया।

“ठेकेदार की औरत...” मिस्त्री कुछ कहते-कहते फिर रुक गया।

“भाग गई?”

“यह तो मुझे पता नहीं कहाँ गई। घर में नहीं है। शायद ठेकेदार से रूठकर अपने माँ-बाप के यहाँ चली गई होगी...”

“उसका बच्चा नहीं है?”

“बच्चा तो है।”

“वह बच्चे को साथ ले गई?”

“नहीं, बच्चे को छोड़कर गई है।”

“फिर माँ-बाप के यहाँ नहीं गई होगी।”

तारासिंह मिस्त्री अब तक सचमुच यह सोच रहा था कि वह शायद ठेकेदार से रूठकर अपने माँ-बाप के पास चली गई होगी। पर फूलमती की दलील उसे ठीक लगी कि अगर वह अपने माँ-बाप के पास गई होती तो बच्चे को अपने साथ ले जाती।

“ठेकेदार ने झगड़ा किया था?”

“झगड़ा तो हुआ ही होगा। शायद ठेकेदार ने उसे मारा होगा...”

“ठेकेदार सराब पीता है?”

“शराब तो नहीं पीता। पर वह सोचता है कि कभी-कभी औरत को मारना ज़रूर चाहिए।”

“बेकसूर को मारना चाहिए।?”

“वह सोचता है कि इस तरह औरत बिगड़ती नहीं...दो दिन हुए मुझसे कह रहा था कि औरत को मारना हो तो बाँधकर मारना चाहिए...”

“रस्सी से बाँधकर?”

“नहीं-नहीं...उसका मतलब था कि जब घर में कोई बच्चा हो जाए तो औरत घर से बँध जाती है। फिर उसको मारपीट भी करो तो वह घर को छोड़कर भागती नहीं...।”

“एक बात कहूँ मिस्त्री जी?”

“कहो...”

‘‘ठेकेदार तो कहत है कि सब बात जानता हूँ...वह खाक जानता है...’’

तारासिंह मिस्त्री ने देखा, सामने ठेकेदार आ रहा था। वह आगे आकर ठेकेदार को मिला और दूर सड़क पर खड़ा होकर उससे पूछने लगा, ‘‘कुछ पता चला?’’

ठेकेदार ने जवाब देने की जगह इन्कार से सिर हिला दिया।

‘‘मायके तो वह नहीं गई...मेरा दिल यही कहता है...वैसे आपने आदमी भेजा ही होगा, आज आकर खबर दे देगा।’’

‘‘आदमी लौट आया है। वह वहाँ नहीं गई।’’ ठेकेदार की आवाज़ उसके गले में कई गाँठे नीचे उतरी हुई थी। ‘‘आसपास के कुएँ भी खोजवा लिए हैं...’’

‘‘आप क्या सोचते हैं कि उसने कहीं कुएँ में...’’

‘‘कहा करती थी...मैं किसी दिन कुएँ में छलाँग मारकर मर जाऊँगी...भई मुझे क्या मालूम था...’’

‘‘ठेकेदार जैलसिंह की ज़िन्दगी में यह शायद पहला दिन था जब उसने यह नहीं कहा था, ‘‘मैं सब जानता हूँ...’’

एक लड़की : एक जाम

प्रसिद्ध चित्रकार सुमेश नन्दा की यह कहानी असल में मैंने पिछले बरस लिखी थी। दिल्ली में उनके चित्रों की प्रदर्शनी लगी थी। हफ्ते भर, रोज़, किसी न किसी पत्र में सुमेश नन्दा की कला की आलोचना होती रही। बड़े समझदार लोग यह प्रशंसात्मक अलोचना करते थे। मुझे चित्रकला के सम्बन्ध में सिर्फ उतनी ही जानकारी है, जितनी एक कलाविधान से अनजान, पर एक सूक्ष्म अहसास वाले आदमी को होती है।... और प्रदर्शनी के कई चित्रों की खामोश तारीफ करती मेरी आँखें सुमेश नन्दा के दो चित्रों के सामने जमकर रह गई थीं। चित्र के नीचे लिखा हुआ था, 'ढाई पत्ती-डेढ़ पत्ती' और दूसरे चित्र के नीचे लिखा हुआ था, 'एक लड़की : एक जाम।'

पहला चित्र चाय के बाग में चाय की पत्तियाँ चुनती हुई पहाड़ी लड़कियों का था और इस चित्र का भाव चित्रकार ने ऐसे समझाया था :

चाय के सारे पौधे की अन्तिम कोंपल डेढ़ पत्ती होती है, एक पूरी बड़ी पत्ती और एक उसके साथ जुड़ी हुई छोटी-सी बच्चा पत्ती। उस डेढ़ पत्ती की चमक ही अलग होती है। उस अन्तिम कोंपल से नीचे ढाई पत्तियाँ उगती हैं, बड़ी नर्म। और फिर उससे नीचे मोटी पत्तियों की कई शाखें। ढाई पत्ती और डेढ़ पत्ती अलग तोड़कर रख लेते हैं। इन पत्तियों से जो चाय बनती है, वह बड़ी महँगी बिकती है। बाकी हम लोग जो चाय खरीदते हैं, वह नीचे की सस्ती, मोटी पत्तियों की चाय होती है। एक साबुत पौधे से सिर्फ चार छोटी पत्तियां झरती हैं, सारे बाग में से आखिर कितनी पत्तियां झरेंगी? वह चाय बड़ी महँगी बिकती है, साठ रुपए पौंड से भी महँगी।

सुमेश नन्दा के इस चित्र में जो सबसे पहली लड़की थी, उसका मुँह आधे से भी थोड़ा दिखाई पड़ता था। हमारे सामने ज़्यादा उसकी पीठ थी, फिर भी उसके सौन्दर्य की कैसी छवि दिखती थी! लगता था, सारी पहाड़ी लड़कियाँ जैसे चाय का एक पौधा हों, बिखरा-फैला एक पौधा, और यह लड़की, इस पार खड़ी हुई लड़की,

सारे पौधे की अन्तिम कोंपल हो, डेढ़ पत्ती की छोटी, हरी चमकदार कोंपल! ...पर मैंने अपनी बात अपने पास ही रखी और चित्रकार को कुछ नहीं कहा।

दूसरा चित्र, जिसके नीचे लिखा था, 'एक लड़की : एक जाम', एक पहाड़ी लड़की का अनोखा सौन्दर्य था; जैसे लोग कहते हैं, 'यह चित्र तो मुँह से बोलता है!' वाकई ऐसा मुँह से बोलनेवाला चित्र मैंने कभी नहीं देखा था। उसके सम्बन्ध में चित्रकार ने कुछ नहीं कहा था। मैंने ही कहा, "ऐसा जाम पीने के लिए तो एक उम्र भी थोड़ी है!"

चित्रकार ने चौंककर मेरी ओर देखा। कोई साठ साल की उम्र होगी उनकी। जाने कौन-सी जवानी पिघलकर चित्रकार की आँखों में आ गई। बोले, "इस चित्र की यह व्याख्या मैंने और किसी से नहीं सुनी। यह बिलकुल वही बात है, जो मैंने कहनी चाही थी। और तो और, मेरे मित्रों ने भी इसका यह अर्थ नहीं लगाया था। मेरे साथ कइयों ने मज़ाक किए, 'एक लड़की : एक जाम' ...और जाम नित नया होता है!"

जाने उस चित्र में कौन-सा बुलावा था! हफ्ते-भर वह प्रदर्शनी लगी रही, और मैं उस हफ्ते में तीन बार प्रदर्शनी देखने गई थी—असल में सारे चित्र नहीं, एक चित्र, 'एक लड़की : एक जाम!' किसी कला-मर्मज्ञ होने के ज़ोर से नहीं, सिर्फ मन में कुछ उठते हुए के ज़ोर से मैंने सुमेश नन्दा की उस कृति के सम्बन्ध में एक सादी-सी बात कही थी। और उस सादी-सी बात ने चित्रकार का सारा मन खोलकर उसके होंठों पर ला दिया था।

"काँगड़ा-कलम को जाँचता-परखता मैं कुछ दिन काँगड़े के एक गाँव में रहा था। पालमपुर चाय के बाग अधिक दूरी पर नहीं थे। यह चित्र, 'ढाई पत्ती-डेढ़ पत्ती', मैंने वहीं बनाया था। यह लड़की, जो इस ओर खड़ी हुई है। ध्यान से देखना, वही लड़की है, जिसे दूसरे चित्र में मैंने लिखा है, 'एक लड़की : एक जाम!'"

"यह तो मैंने आपके कहने से पहले नहीं पहचाना था। पर पहले दिन ही यह चित्र देखकर मुझे लगा था, जैसे सारी लड़कियाँ चाय का एक पौधा हों और यह लड़की उस पौधे की सबसे ऊपर की कोंपल हो, छोटी, हरी और चमकदार!"

सुमेश नन्दा की बूढ़ी आँखों में फिर एक जवान चमक आई और उन्होंने कहा, "अब तो मैं और विश्वास से भर गया हूँ। तुमने यह बात अपने अधिकार से मुझसे निकलवा ली है। तुमने मेरे दोनों चित्रों के जैसे अर्थ दिए हैं, मेरी कहानी सुनने का तुम्हारा अधिकार हो जाता है। पहले किसी ने मुझसे यह बात नहीं सुनी।

"मैंने इस लड़की को टूणी कहकर बुलाया था। इसका नाम पूछने का भी कष्ट मैंने नहीं किया था। इसी ने, इस चाय की पत्तियाँ चुन रही ने, 'ढाई पत्ती-डेढ़

पत्ती' वाली बात मुझे सुनाई थी और मैंने उसे कहा, 'तू लड़कियों के सारे पौधे की ऊपर की पत्ती है, बड़ी महँगी!...जाने यह चाय कौन पिएगा!'

''बरसात के दिन थे। एक नाला ऐसे बहा कि साथ वाले गाँवों को जोड़नेवाली सड़क उसमें डूब गई। गाँवों का आवागमन बन्द हो गया। कोई तीन दिन के बाद सड़क का जिस्म दिखाई दिया। इस तरफ से मैं जा रहा था, उस पार से वह टूणी आ रही थी। मैंने कहा, 'आखिर पानी रुक ही गया। एक बार तो ऐसे लगा था, इस पानी का बहाव सूखेगा ही नहीं!'

''पता है टूणी ने क्या कहा? कहने लगी, 'बाबू, यह भी कोई आदमी के आँसू हैं जो कभी न सूखें!'' मैं टूणी के मुँह की ओर देखता रह गया। उसका मुँह सुन्दर था, पर ऐसी बात भी कह सकता था, मैं यह नहीं सोच सकता था। कुछ ऐसी बात मैंने पहले एक बंगाली उपन्यास में पढ़ी थी, पर टूणी ने तो कभी बंगाली उपन्यास नहीं पढ़ा था। जाने, सारे देशों के दुःखों की एक ही भाषा होती है!

''मैं उसके घर पर गया। उसका बाप था, माँ थी, दो भाई थे और एक भाभी। मैं उसके घर का भीतर-बाहर टटोलता रहा। वह कौन-सा दुःख था उसके मन में, जहाँ से उसकी यह बात उगी थी? और मैंने उसके दुःख का बीज ढूँढ लिया। उसके बापू के सर पर काफी कर्ज़ा था। उस ओर लड़कियों की कीमत पड़ती है—तीन-चार सौ से लेकर हज़ार तक। और कर्ज़ा देनेवाले ने टूणी को पन्द्रह सौ रुपये के बदले उसके बापू से मांग लिया था। और टूणी कहती थी, 'वह आदमी आदमी नहीं, एक देव-दानव है! मुझे सपने में भी उससे भय आता है!'

''एक दिन मैंने टूणी को अलग बिठलाकर पूछा, 'अगर मैं तेरे भय की रस्सी खोल दूँ?''

''वह कैसे बाबू?''

''मैं पन्द्रह सौ रुपए भर देता हूँ। तू अपने बापू से कह, वह सगाई तोड़ दे।''

''कोई और लड़की होती, जाने मेरे पैरों को हाथ लगाती। पर उस टूणी ने सीधा मेरे दिल में हाथ डाल दिया। कहने लगी, 'और बाबू, तू मेरे साथ ब्याह करेगा?''

''कभी मैंने कहा था, 'टूणी! तू चाय के पौधे की सबसे कीमती पत्ती है, यह चाय कौन पिएगा?' और आज टूणी ने अपने प्राणों की पत्ती से मेरे लिए वह चाय बना दी थी। पर न मैंने यह बात पहले सोची थी, न मैंने कही थी। मैंने उसे समझाना चाहा कि मेरा यह मतलब नहीं था। पर उसके कपड़ों पर तो जैसे किसी ने चिनगारी फेंक दी हो।

''कहने लगी, 'अरे बाबू, मैं कोई भीख माँगनेवाली हूँ?'

''मेरी ज़िन्दगी कोई अच्छी नहीं थी। कितनी लड़कियाँ आई थीं और फिर

अपनी राह चल दी थीं। मैं ज़िन्दगी की एक छोटी-मोटी सड़क पर ही उनके साथ चल सका था; कोई लम्बा रास्ता मैंने कभी नहीं पकड़ा। और अब मेरा यह विश्वास ही खो गया था कि मैं कभी भी किसी के साथ ज़िन्दगी का सारा सफर चल सकूँगा।

"मेरी ज़िन्दगी में बड़ी तपश है। तू पी नहीं सकेगी, यह मुँह जल जाएगा!" और मैंने लाड़ से टूणी का दिल रखने के लिए उसके होंठों को अपनी अँगुली लगा दी।

" 'फूँक-फूँककर पी लूँगी, बाबू', यह-जैसी बात मैंने सुनी, और वह जैसा टूणी का मुँह मैंने देखा। मुझे लगा, यही टूणी है, यही टूणी, जिसके साथ मैं ज़िन्दगी का सारा रास्ता चल सकता हूँ।

"अपने और उसके फैसले को मैंने चाँदी के रुपए की भाँति फिर ठनकाकर देखा। मैंने कहा, 'तुझे पता नहीं, पहले कितनी लड़कियाँ मेरी ज़िन्दगी में आ चुकी हैं। हर लड़की को मैंने शराब के एक जाम की तरह पिया और फिर एक जाम के बाद मैंने दूसरा जाम भर लिया।'

"टूणी हँस दी। कहने लगी, 'क्यों बाबू तेरी प्यास नहीं मिटती?'

"मैंने अभी कुछ नहीं कहा था कि टूणी फिर बोली, 'अच्छा, एक वादा कर ले बाबू! जब तक मेरे दिल का प्याला खत्म न हो जाए, तू उतनी देर किसी दूसरे प्याले को मुँह न लगाएगा।'

"मुझे लगा, मैंने आज तक जितने भी जाम पिए थे। वे जिस्मों के जाम थे, बिलकुल जिस्मों के जाम! उनमें दिल का जाम कोई नहीं था। अगर होता तो शायद जब तक उस प्याले की शराब खत्म न हो जाती, मैं दूसरे प्याले को मुँह न लगा सकता।...और शायद दिल के प्याले में से शराब कभी खत्म नहीं होती।

"मैंने अपने फैसले का रुपया ठनकाकर देख लिया। टूणी का फैसला तो था ही खरा...टूणी के माँ-बाप ने हम दोनों का फैसला मान लिया। और मैं रुपयों का प्रबन्ध करने के लिए शहर में आ गया।"

सुमेश नन्दा ने जब अपनी यह कहानी आरम्भ की थी, उस समय आठ बजने वाले थे। आठ बजे प्रदर्शनी खत्म हो जाती थी, इसलिए कमरे में से चित्र देखने वाले लोग लौट गए थे, और नया कोई आने वाला नहीं था। कहानी भंग नहीं हुई थी। पर कहानी को यहाँ तक पहुँचाकर चित्रकार ने स्वयं ही अपनी खामोशी से उस कहानी को खड़ा कर लिया।

मैं चित्रकार को देखती रही; खड़ी हुई कहानी को देखती रही। चित्रकार जैसे एक समाधि में डूब गया था।

चपरासी प्रदर्शनी के कमरे का दरवाज़ा बन्द करने के लिए बाहर दहलीज़ों

के पास आ गया था। मैंने हाथ के इशारे से उसे खामोश रहने के लिए कहा और इन्तज़ार करने लगी, शायद यह खड़ी हुई कहानी कोई कदम उठा ले।

चित्रकार की बन्द आँखों से आँसू टपकने लगे शायद। उस पानी ने कहानी को बहाव में डाल दिया।

"मैं जब रुपए लेकर वापस गया, किस्मत ने मेरा जाम मेरे हाथों से छीन लिया था।"

"क्या बाप ने टूणी का ज़बरदस्ती ब्याह कर दिया था?" मैंने काँपकर पूछा।

"इससे भी भयँकर बात!...टूणी जिसे देव-दानव कहती थी, उस बूढ़े साहूकार ने अपना सौदा टूटने की खबर सुन ली थी और उसने धोखे से किसी के हाथों टूणी को ज़हर पिला दिया था...

"टूणी की चिता में थोड़ी-सी सेंक बाकी थी, थोड़ी-सी आग। मैंने उस आग को साक्षी बनाया और चिता के गिर्द घूमकर जैसे फेरे ले लिए।"

शायद तीस-पैंतीस बरस की उम्र में चित्रकार ने वे फेरे लिए होंगे। अगले तीस बरस उसने कैसे उन फेरों की लाज रखी होगी, यह उसके साठवें-बासठवें बरस से भी पता चलता था, कोई पूछने की बात नहीं थी। मुझे लगा, सारी बीसवीं सदी उसे प्रणाम कर रही है।

धीरे-धीरे चित्रकार के होंठ फड़के, "टूणी ने कहा था, 'एक वादा कर ले, बाबू! जब तक मेरे दिल का प्याला खत्म न हो जाए, तू उतनी देर किसी दूसरे प्याले को मुँह न लगाएगा।'...वह सामने खड़ी हुई टूणी गवाह है, मैंने किसी दूसरे प्याले को मुँह नहीं लगाया।"

सामने टूणी का चित्र था। टूणी एक लड़की, एक जाम!...मौत ने चित्रकार के हाथों से वह जाम छीन लिया, पर कोई मौत उसकी कल्पना में से वह जाम न छीन सकी...और चित्रकार की सारी उम्र पीते हुए बीत गई; उस जाम की शराब खत्म न हुई!

लगभग एक बरस हो चला है, मैंने सुमेश नन्दा के मुँह से यह कहानी अपने कानों से सुनी थी, और फिर अगले हफ्ते अपने हाथों से लिखी थी, पर तब उन्होंने मुझे छपाने की आज्ञा नहीं दी थी। तब मैंने कहानी में उनका एक कल्पित नाम लिखा था। उन्होंने कहा था, 'जब तक मेरी उम्र का अन्तिम दिन नहीं आता, मेरा कोई दावा नहीं बनता। इस जाम को पीते हुए मुझे उम्र का अन्तिम दिन भी खत्म कर लेने दो, फिर इस कहानी को छपाना; अभी नहीं। और तब, बेशक मेरा नाम भी बदलकर न लिखना।'

और अब, पिछले हफ्ते, आपने पत्रों में पढ़ा होगा, प्रसिद्ध चित्रकार सुमेश नन्दा

की मृत्यु हो गई। चित्रकार की कला के सम्बन्ध में पत्रों के कई कालम भरे हुए थे और एक-दो पत्रों में यह भी लिखा हुआ था, 'जिस कमरे में चित्रकार ने अन्तिम साँस ली, उस कमरे में उनकी बनाई हुई एक ही तस्वीर लगी हुई थी, 'एक लड़की : एक जाम' ।

उम्र छोटी थी, जाम बड़ा था—आज चित्रकार का दावा सत्य हो गया है। इस कहानी में आज मैंने कुछ नहीं बदला, सिर्फ उनका असली नाम लिख दिया है, उन्हीं के कहने के अनुसार!

एक गीत का सृजन

रवि ने अभी-अभी एक नज़म लिखनी शुरू की थी। लक्कड़ मंडी से काले टोप को जाती हुई पगडंडी चढ़ते हुए उसने पहाड़ की हरियाली को घूँट-घूँट पिया था, अंजुलि भर कर पिया था, होंठ टेक कर पिया था, और फिर कई मीलों की चढ़ाई के बाद डाक बँगले में पहुँकर उसने जब सामान रखा था, और जब उसकी बीवी ने उसके लिए गर्म काफी का प्याला बनाया था और उसके लिए पलंग पर बिस्तर बिछा दिया था, तो उसे महसूस हुआ था कि मैं अभी सो नहीं सकूँगा। वह डाक बँगले से अकेला बाहर निकल आया था। डाक बँगले से बाहर आकर उसे लगा कि जिस हरियाली को उसने घूँट-घूँट पिया था, अंजुलि भर कर पिया था, और होंठ टेक कर पिया था, उसे जज़्ब कर पाना मुश्किल था। उसने कागज़ लेकर एक नज़म लिखनी शुरू कर दी थी। नज़म लिखते-लिखते उसे महसूस हुआ था कि वह नज़म लिखकर हरियाली के तेज़ नशे को उतारने के लिए एक 'ऐंटी-डोज़' ले रहा था।

कागज़ पर लिखी अधूरी नज़म को उसने नीचे घास पर रख दिया था। नज़म अभी पूरी नहीं लिखी हुई थी। पत्थर का छोटा-सा कंकड़ उसने कागज़ पर रख दिया और घास पर लेट गया। उसे सार्त्र की कही हुई एक बात याद हो आई, ''मैं जब लिखता हूँ तो निराशा के जाल में एक खूबसूरती पकड़ने की कोशिश करता हूँ।'' रवि को लगा कि जब मैं नज़म लिखता हूँ तो निराशा के जाल में खूबसूरती नहीं पकड़ता, बल्कि हमेशा खूबसूरती के जाल में निराशा को पकड़ने की कोशिश करता हूँ।

रवि ने अपने मन की गहराइयों में झाँककर देखा। कहीं मायूसी नहीं थी। पर कागज़ पर लिखी हुई नज़म में मायूसी थी, रवि इस बात से इन्कार नहीं कर सकता था। उसे लगा जैसे वह कब्रों की रखवाली में बैठा हो। उसकी मुहब्बत कब की दम तोड़ चुकी थी। मुहब्बत का दर्द भी दिल में नहीं रहा था। वह उस लड़की को नहीं पा सका था, जिसे उसने कभी पाना चाहा था। पर उसकी दलील पर यह लड़की भी खूबसूरती में पूरी उतरती थी, जिसके साथ उसका विवाह हुआ था। शायद इसीलिए उसके मन में 'खोए हुए दिनों' का दर्द नहीं रहा था। पर लिखते हुए उसकी

कविता में हर बार दर्द उतर आता था। पर इस दर्द को दर्द नहीं कहा जा सकता, क्योंकि यह दर्द अब जीवित नहीं था। इसीलिए आज रवि सोच रहा था कि उसके अन्दर वह रवि जो नज़में लिखता था—कब्रों की राख में बैठा हुआ था।

रवि को फिर सार्त्र याद हो आया। सार्त्र ने अपने बारे में लिखा था कि हाथ में कागज़ लेकर हर सुबह कुछ लिखने की उसकी दीवानगी इस तरह थी जैसे वह अपने जीवित होने की माफी माँग रहा हो। रवि को यह बात सच्ची मालूम हुई। उसने आज तक जो कुछ भी लिखा था, उसे उसने कभी उस लड़की को पढ़ाना नहीं चाहा था, जिस लड़की का ज़िकर वह अपनी नज़मों में करता था। न ही उसने अपनी कविताओं से नाम खरीदना चाहा था। प्रसिद्धि के विषय में भी उसका विश्वास सार्त्र से मेल खाता था कि प्रसिद्धि तब आती है जब मनुष्य मर चुका होता है। वह उसकी कब्र को सजाने के लिए आती है। और अगर कहीं वह पहले चली आए, मनुष्य के जीते जी चली आए, तो पहले वह अपने हाथों से मनुष्य को कतल करती है, फिर उसकी कब्र को सजाती है। रवि ने अपनी कविताओं को कभी इनामी प्रतियोगिताओं में नहीं भेजा था। ये प्रतियोगिताएँ उसे ऐसे लगती थीं जैसे कुछ अमीर अपने धन या पदवी के ज़ोर से कलाकारों को बटेरों की तरह लड़ाकर देखते हों, और अपने प्रतियोगियों को घायल कर जो जीत जाता है उसका जुलूस निकालते हों। और रवि को महसूस हुआ कि वह न किसी महबूब के लिए लिखता है, और न मशहूरी के लिए। वह रोटी खाता था ताकि जीवित रह सके, और कविता लिखता था ताकि जीवित रहने के कसूर की माफी माँग सके।

और फिर रवि को अत्यन्त घृणित विचार ने आ घेरा कि नज़में केंचुआ होती हैं। केंचुए पृथ्वी की जलन में से जन्म लेते हैं और नज़में मन की तपश में से। रवि को वास्तव में अपना विचार घृणित नहीं लगा था। उसे केंचुए की पिलपिली और लिज़लिज़ी शक्ल याद हो आई थी और नज़म की तुलना केंचुए से करते हुए उसे लगा था कि उसके इस ख्याल का बदन भी लिज़लिज़ा गया था। ‘पर बात सच्ची है’ रवि ने सोचा और हँस पड़ा।

फिर रवि को ख्याल आया कि हर नज़म खामोशी की औलाद होती है। जब आदमी एक तरफ से इतना गूँगा हो जाता है कि एक शब्द भी नहीं बोल पाता, तो उसे अपनी खामोशी से घबराकर कविता लिखनी पड़ती है।

...और फिर रवि को ख्याल आया कि नज़म लिखना खुदा के बाग से सेब चुराने के बराबर है। आदम ने सेब चुराया तो उसे हमेशा के लिए बाग से निकाल दिया गया था। इस तरह जो भी इन्सान नज़म लिखता है उसके मन का कुछ हिस्सा भले ही इस दुनिया में रहता है पर कुछ हिस्सा हमेशा-हमेशा के लिए जलावतन हो जाता है।

‘पर नहीं’ रवि ने सोचा, ‘इन दोनों पहलुओं का एक-दूसरे से नफरत का रिश्ता

होता है। दोनों शायद एक-दूसरे से स्पर्धा करते हैं, इसलिए दोनों एक-दूसरे से घृणा करते हैं। यह नियमित घृणा आक्रमणात्मक स्थिति में बदल जाती है। कविताएँ इस युद्ध में हथियार बनती हैं' और फिर यह बात सोचकर रवि को अपनी हँसी में दर्द महसूस होने लगा, 'और नज़्में ही शायद इस युद्ध में खाए हुए जख्मों की खरोंचें होती हैं।'

...नज़्मों के इतने रूप अख्तियार कर सकने की ताकत से रवि को नज़्मों के दीर्घ आयाम का विचार आया, 'इन्सान इस धरती पर कितनी कम जगह रोक पाता है। इन्सान के चारों ओर माहौल का ज़िरहबख्तर इतना कसा हुआ और पेचीदा होता है कि वह आज़ादी से अपने हाथ-पैर भी नहीं संचालित कर सकता। पर उसकी कविता का आयाम इतना विस्तृत होता है कि वह एक ही समय अपना एक पाँव इन्सान के पालने में रखकर, दूसरा पाँव इन्सान की कब्र में रख सकती है।'

ख्यालों की नदी बहती जा रही थी। नदी में बरसात के पानी की बाढ़ नहीं थी। यह दोनों किनारों की मर्यादा को स्वीकार किए चुपचाप बह रही थी और रवि इसके पानियों में निर्बाध तैरता जा रहा था।

''वीराजी! आपका कागज़ हवा में उड़कर बहुत दूर चला गया था। आपको पता भी नहीं चला।'' मोना रवि के पास आकर बोली। उसने कागज़ रवि के हाथ के पास रख दिया। हवा तेज़ चलने लगी थी। मोना ने कागज़ पर रखने के लिए आसपास पत्थर का टुकड़ा खोजना चाहा। क्योंकि कागज़ पर रखा पत्थर का कंकड़ छोटा था और कागज़ उसको उड़ा ले जाता था। मोना ने कागज़ पर अपना हाथ रख दिया।

रवि ने धूपढली की हल्की रोशनी में कागज़ की तरफ देखा, और फिर कागज़ पर टिके हुए मोना के हाथ की तरफ देखा। पतला और गोरा हाथ। रवि को लगा कि यह हाथ एक पेपर-वेट था। हाथ को जिस्म से अलग कर एक पेपर-वेट की तरह मेज़ पर रख सकने का ख्याल रवि को बहुत दिलचस्प लगा। उसे याद आया कि एक दिन उसकी बीवी ने उसके कोट को अपने कन्धों पर डाला हुआ था तो उसे एक खूबसूरत हैंगर का ख्याल हो आया था। रवि को आश्चर्य था कि सजीव शारीरिक अंगों की कल्पना वह हमेशा निर्जीव वस्तुओं के रूप में क्यों करता है? सुडौल, तने हुए गोरे कन्धों को देखकर उसे कोट हैंगर का विचार क्यों आता है, और पतले गोरे हाथ को देखकर उसे पेपर-वेट का ख्याल क्यों आ जाता है? किसी के कन्धों को तलियों में लेकर सहलाने और छाती से लगा लेने का ख्याल उसे क्यों नहीं आता, और किसी के हाथ को उठाकर अपने होंठों पर रख लेने का ख्याल उसे क्यों नहीं आता...

रवि ने अपने इस ख्याल को घेरकर अपने तक ले आना चाहा—अपनी 'समझ' तक। बिलकुल उसी तरह जैसे वह बहती नदी में पानी के उल्टे रुख तैरने की कोशिश कर रहा हो। सजीव अंगों की निर्जीव वस्तुओं के रूप में कल्पना करने से उसे ग्लानि

अनुभव हुई। उसे लगा कि दूसरों के अंग सजीव थे, पर उसके अपने अंगों में कुछ मर गया था। इसीलिए दूसरों के अंगों को स्पर्श करने का, सूँघने का और अपने अंगों में कस लेने का ख्याल उसे नहीं आता था। रवि ने जो कुछ उसके दिल में मृत था, उसे जिला कर देखना चाहा, और उसने आँखों पर ज़ोर देकर, नज़र गड़ाकर मोना के चेहरे की ओर देखा।

मोना रवि की बीवी की छोटी बहन थी। चौदह-पन्द्रह सालों की। पर रवि को आज तक वह एक छोटी-सी बालिका के रूप में ही दिखाई देती रही थी। वह मोना को हमेशा बच्चों की तरह डाँटता था और बच्चों की तरह ही दुलारता था। और रवि ने अपने ख्यालों को घेरकर मोना की तरफ इस तरह देखा जैसे बहती नदी के पानी में उलटे रुख जाकर मोना की एक झलक ले रहा हो। उसने पहली बार देखा कि मोना भरपूर जवान लड़की थी। जवानी ने उसकी छाती को भर दिया था, उसकी गर्दन को भर दिया था, उसके कपोलों को भर दिया था और जवानी ने उसके होंठों पर लाली फूँक दी थी।

और रवि को लगा कि उसके अपने मन का रंग अब फीका पड़ चुका था। इस फीके रंग को गहराने के लिए रवि के मन में आया कि वह मोना के लाल रंग में डूबे हुए होंठों को अपने होंठों में लेकर चूम ले...

रवि को पहले कभी ऐसा ख्याल नहीं आया था, जिससे इस विचार के आते ही उसे दहशत हुई।...और उसे लगा कि एक पल पहले वह ख्यालों की जिस खामोश बहती हुई नदी में तैर रहा था, अब उस नदी के पानी पर एक साँप तैर आया था। यह अपने से दो हाथ दूर तैर रहे साँप को देखने की दहशत थी।

''वीराजी! सो रहे हो या जागते हो?'' मोना कागज़ के पास घुटनों के बल बैठ गई। रवि ने नज़र गड़ाकर मोना के चेहरे की ओर देखा। मोना का चेहरा उसी की तरह मासूम और अल्हड़ था—जैसा रवि हमेशा देखता आया था। यह चेहरा जवानी की भड़कीली रोशनी में न खुद दहक रहा था, न ही किसी दूसरे में दहक पैदा कर रहा था। रवि ने एक बार फिर ख्यालों की बहती हुई नदी की तरफ देखा। अब नदी में तैरता साँप नहीं दिख रहा था।

रवि मोना की गाल पर एक हल्की-सी चपत लगाते हुए बोला, ''बलाई! चलो भागो यहाँ से! तुम यहाँ क्या कर रही हो?''

'आपका कागज़ उड़कर कहीं का कहीं चला गया था। अगर में पकड़कर न लाती तो आप जाने कब तक खोजते रहते...लिखी-लिखाई नज़म हवा हो जानी थी...'' मोना ने रोष से कहा।

''अच्छा बलाई! तुम्हारा शुक्रिया करे देता हूँ! अब तुम कमरे में जाओ। मैं कुछ ठहरकर आऊँगा।''

मोना रवि का हाथ पकड़कर उसे खींचकर उठाती हुई बोली, ''आप भी चलिए न कमरे में। दीदी बहुत थकी हुई थीं। वे सो गई हैं। मैं वहाँ अकेली जाकर क्या करूँ?''

रवि का हाथ काँप गया। उसे लगा जैसे नदी में तैरता हुआ साँप उसके पास आकर उसके नंगे बदन को छू गया हो।

रवि ने घबराकर आँखें बन्द कर लीं। मोना का साँस रवि के माथे को छू रहा था। रवि को अपने बदन में एक गर्म लकीर चकराती महसूस हो रही थी। और फिर रवि को लगा कि उसने मोना को खींचकर अपनी छाती से लगा लिया था। मोना की गर्म और भरी हुई छातियों पर रवि की उँगलियाँ काँप रही थीं और मोना के पतले होंठों को छूकर उसके मर्द होंठ भी काँपने लगे थे। और फिर रवि को महसूस हुआ कि नदी में तैरता हुआ साँप उसे केवल छूकर ही नहीं गुजर गया था—बल्कि उसे डंस भी गया था और उसका बदन अब आग की तरह तपने लगा था।

''वीराजी! क्या हुआ है आपको! फिर सो गए क्या?'' मोना ने मासूमियत से कहा और रवि की बन्द आँखों को अपनी उँगलियों से खोलने की कोशिश करने लगी।

रवि को अपना सिर घूमता हुआ महसूस हो रहा था। उसके कानों में सन्नाटा भर गया था। उसे बाहर से कुछ सुनाई नहीं दे रहा था। जो सुनाई दे रहा था वह उसके अपने अन्दर की आवाज़ थी। उसका बदन लमहा दर लमहा साँप के जहर में डूबता जा रहा था। ज़हर की इसी बढ़ती रफ्तार में रवि को महसूस हुआ कि उसने मोना की कमीज़ को फाड़कर उसके गले से उतार कर फेंका था। मोना का बदन अँधेरे में संगमरमर की तरह बेपर्दा दहक रहा था। रवि की आँखों में मोना की निरावृत देह का रंग इस तेजी से कौंधा कि रवि की आँखें काँप गई।

काँपती आँखों से रवि ने देखा कि साँप का ज़हर अब तक उसे इतना चढ़ चुका था कि उसका सारा बदन ऐंठ रहा था। रवि की चेतना अब भी क्रियाशील थी, बिलकुल उसी तरह जैसे कोई अपनी मौत की असलियत को अपनी आँखों से देख रहा हो। उसके अंग पल-पल अधिक ऐंठते जा रहे थे। वह तड़प भी रहा था और अपने आप को तड़पते हुए देख भी रहा था। तड़प रहे रवि के मन में बेबसी थी, और तड़पते हुए देखनेवाले रवि के मन में एक खौफ था। एक रवि ने मोना की ओर तरसकर देखा, और दूसरे रवि ने हाथ के इशारे से मोना को कहा कि वह यहाँ से चली जाए।

मोना कुछ समझ न सकी, पर उसने रवि के हाथ के इशारे को मान लिया और नज़म को रवि के हाथ के नीचे रखकर वहाँ से चली गई।

रवि ने घबराकर मोना को आवाज़ देनी चाही कि वह रुक जाए। पर रवि

के अपने गले ने ही जैसे उसकी आवाज़ को रोक लिया। रवि ने थककर अपनी आँखें बन्द कर लीं।

ख्यालों की नदी उसी तरह दोनों किनारों की मर्यादा में चुपचाप बहती जा रही थी। रवि ने अपने-आपको नदी के हवाले कर दिया। ठंडे पानी की छुवन की तरह रवि को ख्याल आया कि कहीं एक दार्शनिक ने लिखा है कि आपको जीना पड़ेगा, जीवन को स्वीकार करने से इन्कार नहीं किया जा सकता। रवि को लगा कि यह सारा दर्शन बेबसी का दर्शन है। इन्सान और कुछ नहीं कर सकता तो क्या वह ज़िन्दगी को अस्वीकार कर देने के लिए होंठ भी नहीं हिला सकता?—रवि ने अपने होंठ हिलाने चाहे, पर नदी के ठंडे पानी से उसके होंठ जड़ हो गए थे। और रवि को ख्याल आया कि वह एक साधारण कमज़ोर आदमी है। उसने मुहब्बत का तवारीखी हीरो बनना चाहा था, पर वह नहीं बन सका था। उसने एक दर्दनाक आशिक बनना चाहा था जब कि वह एक फटेहाल आशिक भी नहीं बन पाया था। वह एक साधारण कमजोर आदमी था—वह आदमी, जिसके होंठ न 'हाँ' कहने के लिए हिलते हैं, न ही 'न' कहने के लिए। और फिर रवि को लगा कि वह अपने होंठ नहीं हिला सकता था, या सिर्फ नज़म की खूबसूरती के जाल से इन होंठों की निराशा को ही पकड़ सकता था। रवि के हाथों ने कागज़ उठा लिया और उसपर कुछ पंक्तियाँ लिख दीं।

नज़म पूरी हो जाने पर रवि इतना थक चुका था कि उसे लगा जैसे नदी में तैरते-तैरते उसके अंगों में टूटन भर गई हो। नदी अब भी दोनों किनारों की मर्यादा में चुपचाप बहती जा रही थी।...और नदी में तैरता जो साँप रवि ने देखा, अब वह कहीं नहीं आ रहा था। अब रवि के मन में दहशत नहीं थी, सिर्फ थकावट थी।

अचानक रवि को सर्दी महसूस हुई। नदी का पानी पल-पल ठंडाता जा रहा था। वह किनारे को हाथों में कसकर नदी के बाहर आ गया और अपने बदन से ख्यालों के निचुड़ते पानी को पोंछता हुआ डाक बँगले की तरफ बढ़ने लगा।

रवि की नज़म ने उसकी देह का सारा ज़हर चूस लिया था। अब उसके अंग पहले की तरह स्वस्थ थे। सिर्फ उसे थकान और सर्दी महसूस हो रही थी। वह सोच रहा था कि वह जल्दी-जल्दी कदम बढ़ाता हुआ अपनी बीवी के गर्म बिस्तर में जाकर सो जाए।

पाँच बहनें

एक विशाल देश की बात है। एक दिन ठंडे बिल्लौरी जल ने 'ज़िन्दगी' के सुन्दर अंगों को मल-मल कर धोया। फूलों ने जी भरकर सुगन्ध लगाई, और सातों रंग ज़िन्दगी के लिए एक पोशाक ले आए। सूर्य ने अपनी किरणों से फूलों में रस भरा, और ज़िन्दगी ने अपनी आँखों में एक पूर्णता-सी भरकर पवन से कहा—

"सुना है इस शताब्दी की पाँच पुत्रियाँ हैं, जवान और सुन्दर?"

"हाँ ।"

"आज मैं उनके घर जाऊँगी," ज़िन्दगी ने कहा।

पवन हँस दिया।

"मेरे पास पाँच सौगातें हैं—एक-जैसी मूल्यवान। मैं उन सबको एक-एक सौगात दूँगी। तुम चलोगे मेरे साथ?"

"जैसी तुम्हारी इच्छा।"

"सबसे पहले पाँचों बहनों में से मैं बड़ी बहन के पास जाऊँगी।"

"अच्छी बात है। परन्तु उसके घर में खिड़कियाँ और दरवाज़े नहीं हैं। बस, एक ही दरवाज़ा है। उसका पति जब बाहर जाता है, तो जाते हुए वह बाहर से दरवाज़े में लोहे का ताला लगा जाता है। और फिर जब घर आता है, तो वही ताला बाहर से खोलकर घर के भीतर लगा देता है।"

"तुम मुझे अपने अन्दर भर लो, एक सुगन्ध की तरह। मैं तुम्हारे साथ उसके घर चली जाऊँगी।"

"न, न, सुगन्धियों के साथ मैं भारी हो जाता हूँ। तब मैं किसी दराज़ में से भी भीतर नहीं जा सकता। जितने समय में मैं दीवारों को लाँघकर उसके घर जाता हूँ, उतने समय में तो मेरा अंग-अंग टूटने लगता है।"

पवन ज़िन्दगी को पाँच बहनों में से बड़ी बहन के घर ले गया।

"इस बड़ी दीवार पर तो बहुत-सी तस्वीरें बनी हुई हैं—सैकड़ों तस्वीरें, हज़ारों तस्वीरें," ज़िन्दगी ने हैरान होकर देखा।

‘‘यह दीवार सदियों से बनी हुई है। जब भी इस घर की कोई स्त्री इन सीमाओं को लाँघे बिना इस घर में मर जाती है, तो इस देश के लोग उसकी तस्वीर इस दीवार पर बना देते हैं।’’

‘‘इस घर की कोई भी स्त्री इन सीमाओं से बाहर नहीं आती?’’

‘‘नहीं, कभी नहीं।’

‘‘इन दीवारों का नाम क्या है?’’ ज़िन्दगी ने पूछा।

‘‘परम्पराएँ—कोई कुल की परम्परा है, कोई धर्म की परम्परा है, तो कोई समाज की परम्परा...’’

‘‘मैं इस घर की स्त्री को एक बार देखना चाहती हूँ।’’

‘‘सूर्य की किरणों ने भी कभी इस घर की औरतों को नहीं देखा, तुम भला कैसे देखोगी!’’

‘‘यह बीसवीं सदी है, पवन! तुम कौन-सी बात कर रहे हो?’’

‘‘यहाँ सदियाँ घर के बाहर से ही निकल जाती हैं। भले ही दस सदियाँ इधर से उधर हो जाएँ, इस घर में रहनेवालों को कोई अन्तर नहीं पड़ता।’’

‘‘मैं उसके लिए भेंट लाई हूँ।’’

‘‘तुम्हारी भेंट उस तक पहुँच भी जाए तो भी वह उसे हाथ न लगाएगी।’’

‘‘क्यों?’’

‘‘क्योंकि, दुनिया की सब चीज़ें उसके लिए वर्जित हैं।’’

‘‘वह मेरी आवाज़ नहीं सुनेगी?’’

‘‘नहीं, उसके कानों के लिए इस दीवार के बाहर से आनेवाली सब आवाज़ें निषिद्ध हैं।’’

‘‘तुम भी क्या बातें करते हो पवन, आखिर वह जवान है?’’

‘‘तुम वर्षों का हिसाब लगा रही हो। पर इस घर की औरत कभी जवान नहीं होती। जब वह बालिका होती है, तभी उस पर बुढ़ापा आ जाता है।’’

ज़िन्दगी के पाँव में एक कम्पन-सा हुआ, और वह हारी-सी, सहमी-सी आगे की ओर चल पड़ी।

‘यह इस शताब्दी की दूसरी पुत्री है।’’ पवन ने कहा।

‘‘कौन-सी?’’

‘‘वह सामने रेल की पटरी पर कोयले चुन रही है।’’

तीस वर्ष की एक स्त्री ने बाएँ हाथ से, बगल के पास फटी हुई कमीज़ को दुपट्टे के पल्लू से ढाँप लिया। दाएँ हाथ से टोकरी में मुट्ठी भर कोयले डाले। कोई दसेक गज़ की दूरी पर पड़ी हुई अपनी लड़की को देखा। लड़की के रोने की आवाज़ अब तीखी हो गई थी। स्त्री ने टोकरी को एक ओर रख दिया और लड़की को अपनी

गोद में ले लिया। लड़की ने माँ की छाती पर कई बार मुँह मारा, पर उसे दूध का धोखा न लग सका और वह फिर चिल्लाकर रो पड़ी। ज़िन्दगी ने समीप जाकर आवाज़ दी, ''बहन !''

स्त्री ने शायद सुना नहीं। ज़िन्दगी और भी समीप आ गई और बोली, ''बहन!'' स्त्री ने अनजानी दृष्टि से एक बार देखा और फिर ध्यान दूसरी ओर कर लिया, जैसे सोच रही हो कि किसी और को आवाज़ दी है।

ज़िन्दगी के अधर जैसे तड़प उठे, ''मेरी बहन!'' स्त्री ने तब उसकी ओर देखा और लापरवाही से पूछा, ''तुम कौन हो?''

''मुझे ज़िन्दगी कहते हैं।''

स्त्री ने फिर अपना ध्यान अपनी रोती हुई लड़की की ओर कर लिया, जैसे राह चलते की बात से उसे क्या मतलब?

''मैं तुम्हारे देश आई हूँ, तुम्हारे शहर, तुम्हारे घर।'' देश, शहर और घरवाली बात जैसे उस स्त्री की समझ में न आई।

''आज मैं तुम्हारे घर रहूँगी।''

स्त्री ने क्रोध से ज़िन्दगी के मुख की ओर देखा, जैसे ज़िन्दगी को यह न चाहिए था कि इस तरह व्यंग्य करे।

''लड़की को दूध क्यों नहीं दे रही हो, बेचारी रो रही है?''

स्त्री ने एक बार अपने सूखे हुए शरीर पर निगाह दौड़ाई, दूसरी बार लड़की के रोते हुए मुख पर। फिर भी वह समझ न सकी कि इस सवाल का मतलब क्या था?

''यदि उसके पास दूध होता तो बच्ची को देती न।''

''तुम्हारा घर कितनी दूर है?''

''उस गन्दे नाले के पार।''

''मैं तुम्हारे साथ चलूँगी।''

''पर वहाँ घर नहीं, फूस का छप्पर है।''

''वही सही।''

''पर वहाँ चारपाई कोई नहीं, बस दो बोरियाँ हैं।''

''तुम्हारा पति''

''वह बीमार है।''

''वह काम करता है?''

''कारखाने में मज़दूर था, पर पिछले वर्ष जब छटनी हुई थी, तब उसे निकाल दिया गया था।''

''फिर?''

“एक वर्ष हो गया उसे बुखार आते।”

“तुम्हारी यह एक पुत्री ही है?”

“एक मेरा पुत्र भी है पर...”

“वह कहाँ है?”

“एक दिन वह भूखा था, बहुत भूखा। उसने एक अमीर आदमी की मोटर में से सेब चुरा लिया था। पुलिस वालों ने उसे जेल में डाल दिया।”

“मैं तुम्हारे घर चलूँ?”

“पर तुम हो कौन?”

“मुझे ज़िन्दगी कहते हैं।”

“मैंने तो कभी तुम्हारा नाम नहीं सुना।”

“कभी, कभी छोटी उम्र में, छुटपन में तुमने कहानियाँ सुनी होंगी।”

“मेरी माँ को बड़ी कहानियाँ याद थीं। मेरा पिता किसान था। पर वह उन किसानों में से था जिनके पास अपनी कोई ज़मीन नहीं होती। मेरी बड़ी बहन के विवाह पर हमने कर्ज़ लिया था, जो हमसे वापस न किया जा सका। साहूकार ने हमारा सब माल, हमारे पशु आदि, सब-कुछ छीन लिया था...और मेरा पिता कहीं दूर किसी रोज़ी की तलाश में चला गया था। मेरी माँ को रात-भर नींद न आती थी। वह रात को मुझे जगाकर कहानियाँ सुनाया करती थी—भूतों की, प्रेतों की, देवों की कहानियाँ। पर मैंने तुम्हारा नाम तो कभी नहीं सुना।”

“फिर तुम्हारा पिता क्या कमाकर लाया था?”

“मेरी माँ कहा करती थी कि जब वह आएगा, बहुत-सा सोना लाएगा। पर वह कभी आया ही नहीं लौटकर।” और स्त्री ने ज़रा घबराकर कहा, “तुम क्या करोगी मेरे घर जाकर?”

“मैं...” ज़िन्दगी और कुछ न कह सकी। स्त्री कोयले की टोकरी थामे उठ खड़ी हुई।

“मैं तुम्हारे लिए सौगात लाई हूँ, ज़िन्दगी ने रंग और सुगन्ध-भरी एक पिटारी स्त्री के सामने रख दी।

“न बहन, यह तुम अपने पास ही रखो।’ स्त्री ने जैसे भयभीत हो आँखें दूर हटा लीं।

“मैं तुम्हारे लिए ही लाई हूँ।’

“न बहन, कल पुलिस वाले कहेंगे, तूने किसी की चोरी कर ली है।”

स्त्री शीघ्रता से अपने घर की ओर मुड़ी। पर थोड़ी दूर जाकर जब उसने देखा कि ज़िन्दगी अब भी उसके पीछे-पीछे आ रही है, तो वह डर कर थम गई।

“तुम लौट जाओ बहन! मेरे साथ मत आओ। मुझे बेगानों से बहुत डर लगता

है। पहले भी एक बार...एक बार एक जवान-सा शहरी आया था। कहने लगा, मैं तुम्हारे पति को काम दिला दूँगा, तुम्हारे बेटे को जेल से छुड़ा दूँगा...पड़ोसियों से आटा माँगकर मैंने उसके लिए रोटी पकाई...पर जब मैं अपने पुत्र को देखने के लिए उसके साथ शहर गई...तो रास्ते में...रास्ते में वह...''

स्त्री का अंग-अंग जल उठा और वह बेतहाशा वहाँ से भाग गई।

ज़िन्दगी की आँखों में छलक रहे आँसुओं को पवन ने अपनी हथेली से पोंछ दिया, ''चलो मैं तुम्हें तीसरी बहन के घर ले चलता हूँ।''

ज़िन्दगी जब महल-सरीखे एक घर के सामने से गुजरी, तो पवन ने धीमे-से उसके कान में कहा, ''यही है उसका घर।''

द्वार पर खड़े दरबान ने ज़िन्दगी की राह रोक ली। दासी के हाथ भीतर सन्देशा भेजा गया। ज़िन्दगी बाहर प्रतीक्षा में खड़ी रही, खड़ी रही...और जब उसे भीतर से इशारा हुआ, तो वह उस दासी के पीछे-पीछे काँच के कई द्वारों को लाँघती, रेशम के कई परदे हटाती खास कमरे में पहुँची।

सफेद मर्मरी पत्थर की एक औरत की मूर्ति कमरे के एक कोने में खड़ी थी। पानी की फुहार उसके बदन को ढाँप रही थी। सफेद मर्मरी पत्थर-सी एक औरत की मूर्ति एक कोमल-सी कुरसी पर पड़ी थी। रेशम के तार उसके बदन को ढाँपने का यत्न-सा कर रहे थे। औरत की खड़ी मूर्ति में से तो कोई आवाज़ न आई, पर औरत की बैठी हुई मूर्ति में से आवाज़ आई—

''तुम कौन हो? मैं पहचान नहीं पाई।'' ज़िन्दगी ने भौंचक-सी चारों ओर देखा। पर वहाँ कोई स्त्री न थी। तब उसने खड़ी हुई मूर्ति को हाथ लगाया। वह पत्थर-सी सख्त थी। तब ज़िन्दगी ने बैठी हुई मूर्ति को स्पर्श किया। वह रबड़-सी मुलायम थी।

''मुझे ज़िन्दगी कहते हैं,'' ज़िन्दगी ने धीरे से कहा।

''याद नहीं आ रहा, यह नाम कहीं सुना हुआ प्रतीत होता है, शायद छुटपन में किसी पुस्तक में पढ़ा था।''

''पुस्तक में?''

''हाँ। मुझे याद आ गया, मेरे साथ एक लड़का पढ़ता था। वह गीत लिखता था, एक बार उसने मुझे अपने गीतों की एक किताब दी थी। उसमें यह नाम आया था।''

''वह अब कहाँ रहता है?''

''गरीब-सा लड़का था। पता नहीं कहाँ रहता है?''

''उसकी किताब?''

''इस नई कोठी में आते समय पुराना सामान मैं साथ नहीं लाई थी। यह सारा सामान हमने नया खरीदा है।

''बहुत महँगा खरीदा है।''

‘‘मेरा पति देश का बहुत बड़ा व्यक्ति है। अब के चुनाव में भी, मुझे आशा है, वह फिर बड़ा व्यक्ति चुना जाएगा। हम जब भी चाहें, ऐसा या इससे भी अच्छा सामान खरीद सकते हैं।’’

रबड़-जैसी मुलायम स्त्री की मूर्ति ने मेज़ पर रखे हुए फल ज़िन्दगी की ओर बढ़ाए। फलों को छूते ही ज़िन्दगी को उनमें से एक गन्ध-सी अनुभव हुई।

‘‘मैंने अभी मज़दूरों से ताज़े फल तुड़वाए हैं। दासी ने शायद धोए नहीं। मज़दूरों के हाथों की गन्ध आती होगी, आज गरमी है। मेरी तबीयत कुछ ठीक नहीं, आज...।’’

‘‘यदि तुम्हें अच्छा लगे तो मैं तुम्हें बाहर ठंडी और खुली हवा में ले चलती हूँ।’’ ज़िन्दगी ने एक साँस भरकर कहा।

‘‘नहीं, नहीं। मैं इस तरह बाहर नहीं जा सकती। अपनी श्रेणी से बाहर के लोगों में उठने-बैठने से हमारा आदर नहीं रहता...असल में जब मेरा ऑपरेशन हुआ था, कुछ कसर रह गई थी। कभी-कभी मुझे दर्द होता है...’’

‘‘ज़िन्दगी ने उठकर उस रबड़ जैसी मुलायम स्त्री की भुजा पकड़ी। फिर उसके बदन पर हाथ रखा। तुम्हारा दिल क्यों नहीं धड़कता! पत्थर की तरह खामोश और ठंडा है...’’

‘‘यही तो कसर रह गई है। मेरा पति कहता है, अब हम किसी बाहर के देश जाएँगे...शायद अमेरिका; वहाँ के डॉक्टर बड़े कुशल हैं। मेरा ऑपरेशन शायद फिर होगा...’’

‘‘किस बात का ऑपरेशन है?’’

‘‘जब कोई लड़की बड़े घर में ब्याह कर आती है, विवाह की पहली रात को देश के कुशल डॉक्टर उसका ऑपरेशन करते हैं। यह बड़े घरों की रीति है...’’

‘‘विवाह की रात को ऑपरेशन!’’

‘‘हाँ, उस लड़की के बदन को चीरकर उसका दिल बाहर निकाल लेते हैं। उसकी जगह स्वर्ण की एक शिला रख देते हैं, बड़ी सुन्दर शिला! बड़ी मूल्यवान् होती है। मेरे ऑपरेशन में थोड़ी-सी कसर रह गई थी। कभी-कभी कसक-सी उठती है। इन चुनावों में मेरा पति यदि जीत गया, तो हम आगामी मास में हवाई जहाज़ द्वारा बाहर जाएँगे। फिर ऑपरेशन होगा, और मैं ठीक हो जाऊँगी।’’

‘‘मैं तुम्हारे लिए एक सौगात लाई हूँ।’’

‘‘नहीं, नहीं। मेरे पति ने कहा है कि आजकल किसी से कोई चीज़ नहीं लेनी है। चुनाव निकट आ गए हैं...और देश की बड़ी-बड़ी मिलों में हमारी पत्ती है। हमें ये छोटी-छोटी चीज़ें लेने की क्या आवश्यकता है?’’

टेलीफोन की घन्टी बजी और रबड़-जैसी मुलायम स्त्री ने टेलीफोन में दो-तीन मिनट बात करके पास बैठी हुई ज़िन्दगी से कहा—

‘‘बहन, तुम्हें यदि मुझसे कोई काम है तो कभी फिर आ जाना। इस समय मेरा पति और उसकी पार्टी के कुछ लोग घर आ रहे हैं...’’

पवन ने ज़िन्दगी का हाथ थाम लिया और उसे सहारा देकर चौथी बहन के घर ले आया। बड़ा साधारण-सा घर था। पर घर के द्वार के सामने एक चमकती हुई गाड़ी का मुँह आँखों को चौंधिया रहा था। सन्ध्या होने वाली थी। ज़िन्दगी ने घर की सीमा लाँघकर भीतर की ओर झाँककर देखा। बाईस-तेईस वर्ष की जवान स्त्री एक बालक को थपकी देकर सुला रही थी। कमरे का सारा सामान मुश्किल से गुज़ारे लायक था, तो भी युवती के वस्त्र झिलमिल-झिलमिल कर रहे थे।

ज़िन्दगी ने धीरे से द्वार खटखटाया।

‘‘कौन?’’...धीरे से युवती दहलीज़ के पास आई, ‘‘बच्चा जग जाएगा।’’ तब युवती ने चौंककर कहा, ‘‘तुम...तुम...!’’उसके बोल लड़खड़ा गए।

‘‘मुझे ज़िन्दगी कहते हैं।’’

‘‘मुझे मालूम है।’’

‘‘तुझे मालूम है?’’

‘‘मैं सारी उम्र तुम्हारी परछाईं के पीछे भागती रही हूँ...अब मैं थक चुकी हूँ। अब मैंने तुम्हारा रास्ता छोड़ दिया है। तुम चली जाओ। जहाँ से आई हो वहीं लौट जाओ। देख नहीं रही हो, मेरे द्वार पर शाप की एक रेखा खिंची हुई है। इस रेखा को तुम नहीं लाँघ सकतीं। इस रेखा को मिटा नहीं सकतीं। तुम चली जाओ। चली जाओ...’’ युवती की साँस फूल गई।

‘‘मेरी अच्छी बहन!’’

‘‘बहन! मैं किसी की बहन नहीं। मैं किसी की बेटी नहीं। मैं किसी की कुछ नहीं।’’

‘‘यह तुम्हारा बच्चा...’’ ज़िन्दगी ने कमरे में सोए पड़े बच्चे को देखा।

‘‘मेरा बच्चा! मेरा बच्चा!! पर इसका बाप कोई नहीं।’’

‘‘मैं समझी नहीं।’’

‘‘जब मेरे देश में आज़ादी की नींव रखी गई थी, उसकी नींव में मेरी हड्डियाँ चुनी गई थीं। जब मेरे देश में स्वतन्त्रता का पौधा लगाया गया था, मेरे रक्त से उस पौधे को सींचा गया था। जिस रात मेरे देश में खुशी का चिराग जलाया गया, उसी रात मेरी इज़्ज़त और आबरू के पल्लू को आग लगी थी। यह बच्चा उसी रात की निशानी है, उसी आग की राख है, उसी जख़्म का दाग है...’’

‘‘मेरी दुखी बहन!’’

‘‘फिर मेरी सब रातें उस रात जैसी हो गईं...मैं तुम्हारे सपने देखा करती थी। मैं सोचती थी, तुम मेरे कुँआरे सपनों को मेंहदी लगाकर रंग दोगी; मेरी माँ के सहन में देश के गीत गाए जाएँगे; और मैं अपने कानों से शहनाई की आवाज़ सुनूगी...।’’

...मेरे गाँव का एक ज़वान लड़का मेरे सपनों का राजा था। मैं तुम्हारी परछाई से खेलती फिरती थी। जब मेरा गाँव लुटा, मेरा पिता बुरी तरह मारा गया। मेरे भाई मारे गए और मुझे एक साँप ने काट लिया। फिर एक और साँप ने। एक और साँप ने...। मनुष्य-जैसे मुँहवाले ये कैसे साँप हैं, जिनका काटा कोई मरता तो नहीं, पर उम्र-भर उनके विष से जलता रहता है...। फिर मैंने तुम्हारी एक और परछाई देखी। मेरे देश के लोग कहने लगे, इन साँपों से मुझे बचा लिया जाएगा। इनका ज़हर मेरे शरीर में से दूर कर दिया जाएगा। मैं फिर पहले जैसी भोली और स्वच्छ लड़की बन जाऊँगी। मैं भागी, तुम्हारी परछाई के पीछे भागी...पर यह सब झूठ था, सब झूठ। मेरे सपनों के राजा ने मुझे स्वीकार न किया। मुझे अपने घर की सीमाओं से वापस लौटा दिया।...मैं फिर उसी विष में जलने लगी। उन्हीं साँपों जैसे और साँप मेरे इर्द-गिर्द लिपट गए।...बाहर वह गाड़ी देख रही हो! कितनी चमक रही है...वह एक बहुत बड़े साँप की मोटर गाड़ी है...आज रात मुझे यह काटेगा...।''

ज़िन्दगी बोल न सकी। उसके हाथों में जो सौगात थी वह उसके आँसुओं से भीग गई।

''यह तुम क्या लाई हो सौगात मेरे लिए? देख नहीं रही हो, मेरा सारा शरीर विष से बुझा हुआ है। मैं जब तुम्हारी सौगात को हाथ लगाऊँगी, यह भी विषैली हो जाएगी। ये सुगंधियाँ...! यह रंग...मेरे रोम-रोम में विष रचा हुआ है, विष...विष...''

पवन ने बेसुध ज़िन्दगी के मुख पर अपने वस्त्र से हवा की। और जब ज़िन्दगी को कुछ सुध आई, पवन उसे पाँचों में से सबसे छोटी बहन के घर ले गया...।

बीस वर्ष की एक मानवी युवती के आस-पास बहुत-सी पुस्तकें, साज़ और रंग बिखरे पड़े थे।

ज़िन्दगी ने सुख की एक साँस भरी। सामने बैठी हुई उस युवती ने अपनी उंगली से साज़ के तार को छेड़ा और एक मीठा-सा गीत वातावरण में बिखर गया। युवती गाती रही...उसकी आँखों में सितारों जैसे आँसू चमक रहे थे। और फिर उसने रंगों की बारीक रेखाओं से एक कागज़ पर बड़ी रंगीन तस्वीर बनाई।

ज़िन्दगी का दिल चाहा कि उस युवती के कलाकार हाथों को चूम ले। स्वर, शब्द और चित्रों का एक जादू वातावरण में घुल रहा था।

ज़िन्दगी ने एक गहरी साँस भरी। और हाथ में रंग और सुगन्ध की पिटारी लिये आगे बढ़ी। युवती की आँखों में एक अचम्भा-सा भर गया।

''मुझे मालूम है,'' युवती बोली। पर उसके स्वागत के लिए उठकर आगे न बढ़ी। अचानक ज़िन्दगी के पाँव अटक गए। लोहे के बारीक तार कमरे के दरवाज़े के सामने ऊँचे उठ रहे थे।

''मैं इस समय तुम्हारा स्वागत नहीं कर सकती,'' युवती ने सिर झुका दिया।

“क्यों?” ज़िन्दगी हैरान थी।

“यदि तुम रात को आओ, जिस समय मैं सो जाऊँ, मेरे सपनों में; या फिर जाग रही होऊँ मेरी कल्पना में, मैं तुम्हारे साथ बहुत-सी बातें करूँगी, बहुत कुछ सुनाऊँगी...वैसे मैं नित तुम्हारी परछाईं पकड़ती हूँ। ...यह देखो, इन रंगों से मैं ने तुम्हारा आँचल बनाया है, इन तारों के स्पर्श से मैंने तुम्हारे गीत गाए हैं...इस लेखनी से मैंने तुम्हारे प्यार की कहानियाँ रची हैं।”

“आज जब मैं स्वयं तुम्हारे पास आई हूँ...तुम...।”

“धीरे, बहुत धीरे। मेरे घर की सभी दीवारों में छेद हैं...सैकड़ों और हज़ारों आँखें मेरी रखवाली करती हैं। उधर देखो उन छेदों में...तुम्हें हर एक छेद में दो भयानक आँखें दिखाई देंगी। ये आँखें लावे से भरी हुई हैं, और एक-एक ज़बान...इनमें से सैकड़ों तीर निकलते हैं।...यदि मैं तुम्हारे पास बैठ जाऊँ, तुम्हारे पास!...इनके तीर अभी मेरी रंग-भरी प्यालियों को उलट देंगे... मेरे साज़ के तार उलझा देंगे...मेरे गीतों के एक-एक स्वर को बींध देंगे...और इन आँखों का लावा...।”

“पर ये लोग तुम्हारे गीत सुनते हैं, तुम्हारी कहानियाँ पढ़ते, हैं, तुम्हारे चित्रों को देखते हैं।”

“यहाँ के कलाकार तुम्हारी बातें कर सकते हैं, तुम्हारा मुँह नहीं देख सकते। और जो तुम्हारा मुख देख ले, उस मंसूर को मौत की सजा दी जाती है।...अब तुम चली जाओ, ज़िन्दगी! कोई देख लेगा...मेरे सपनों के अतिरिक्त ऐसा कोई स्थान नहीं जहाँ मैं तुम्हें बिठा सकूँ...।”

“मैं तुम्हारे लिए एक सौगात लाई थी।”

“यह भी मैं उसी समय लूँगी...ज़रूर आना...मैं सातों स्वर्ग रचाऊँगी, तुम आना, तुम्हारी सौगात से अपने स्वर्ग सजाऊँगी । तुम ज़रूर आना...और फिर सुबह उठकर मैं तुम्हारे प्यार का गीत लिखूँगी, तुम्हारे रूप का चित्र बनाऊँगी, तुम्हारी सुन्दरता के गीत गाऊँगी...पर अब तुम चली जाओ, कोई देख लेगा... ।” और युवती ने ज़िन्दगी की ओर से मुँह फेर लिया।

उधड़ी हुई कहानियाँ

मैं और केतकी अभी एक दूसरी की वाकिफ नहीं हुई थीं कि मेरी मुस्कराहट ने उसकी मुस्कराहट से दोस्ती गाँठ ली। मेरे घर के सामने नीम के और कीकर के पेड़ों में घिरा हुआ एक बाँध है। बाँध की दूसरी ओर सरसों और चनों के खेत हैं। इन खेतों की बाईं बगल में किसी सरकारी कालेज का एक बड़ा बगीचा है। इस बगीचे की एक नुक्कड़ पर केतकी की झोंपड़ी है। बगीचे को सींचने के लिए पानी की छोटी-छोटी खाइयाँ जगह-जगह बहती हैं। पानी की एक खाई केतकी की झोंपड़ी के आगे से भी गुज़रती है। इसी खाई के किनारे बैठी हुई केतकी को मैं रोज़ देखा करती थी। कभी वह कोई हंडिया या परात साफ कर रही होती और कभी वह सिर्फ पानी की अंजुलियाँ भर-भरकर चाँदी के गजरों से लदी हुई अपनी बाँहें धो रही होती। चाँदी के गजरों की तरह ही उसके बदन पर ढलती आयु ने माँस की मोटी-मोटी सिलवटें डाल दी थीं। पर वह अपने गहरे साँवले रंग में भी इतनी सुन्दर लगती थी कि माँस की मोटी-मोटी सिलवटें मुझे उसकी उमर की सिंगार-सी लगती थीं। शायद इसीलिए कि उसके होंठों की मुस्कराहट में अजीब-सी भरपूरगी थी, एक अजीब तरह की सन्तुष्टि, जो आज के ज़माने में सबके चेहरों से खो गई है। मैं रोज़ उसे देखती थी और सोचती थी कि उसने जाने कैसे यह भरपूरता अपने मोटे और साँवले होंठों में सम्भालकर रख ली थी। मैं उसे देखती थी और मुस्करा देती थी। वह मुझे देखती और मुस्करा देती। और इस तरह मुझे उसका चेहरा बगीचे के सैकड़ों फूलों में से एक फूल जैसा ही लगने लगा था। मुझे बहुत-से फूलों के नाम नहीं आते, पर उसका नाम, मुझे मालूम हो गया था—''माँस का फूल।''

एक बार मैं पूरे तीन दिन उसके बगीचे में न जा सकी। चौथे दिन जब गई तो उसकी आँखें मुझसे इस तरह मिलीं जैसे तीन दिनों से नहीं, तीन सालों से बिछुड़ी हुई हों।

''क्या हुआ बिटिया! इतने दिन आई नहीं?''

''सर्दी बहुत थी अम्माँ! बस बिस्तर में ही बैठी रही।''

''सचमुच बहुत जाड़ा पड़ता है तुम्हारे देश में।''

''तुम्हारा कौन-सा गाँव है अम्माँ?''

''अब तो यहाँ झोंपड़ी डाल ली, यही मेरा गाँव है।''

''यह तो ठीक है, फिर भी अपना गाँव अपना गाँव होता है।''

''अब तो उस धरती से नाता टूट गया बिटिया! अब तो यही कार्तिक मेरे गाँव की धरती है और यही मेरे गाँव का आकाश है।''

''यही कार्तिक'' कहते हुए उसने झुग्गी के पास बैठे हुए अपने मर्द की तरफ देखा। आयु के कुबड़ेपन से झुका हुआ एक आदमी ज़मीन पर तीले और रस्सियाँ बिछाकर एक चटाई बुन रहा था। दूर पड़े हुए कुछ गमलों में लगे हुए फूलों को सर्दी से बचाने के लिए शायद चटाइयों की आड़ देनी थी।

केतकी ने बहुत छोटे वाक्य में बहुत बड़ी बात कह दी थी। शायद बहुत बड़ी सच्चाइयों को अधिक विस्तार की ज़रूरत नहीं होती। मैं एक हैरानी से उस आदमी की तरफ देखने लगी जो एक औरत के लिए धरती भी बन सकता था और आकाश भी।

''क्या देखती हो बिटिया! यह तो मेरी 'बिरंग चिट्ठी' है।''

''बैरंग चिट्ठी!''

''जब चिट्ठी पर टिक्कप नहीं लगाते तो वह बिरंग हो जाती है।''

''हाँ अम्माँ! जब चिट्ठी पर टिकट नहीं लगी होती तो वह बैरंग हो जाती है।''

''फिर उसको लेने वाला दुगुना दाम देता है।''

''हाँ अम्माँ! उसको लेने के लिए दुगने पैसे देने पड़ते हैं।''

''बस यही समझ लो कि इसको लेने के लिए मैंने दुगने दाम दिए हैं। एक तो तन का दाम दिया और एक मन का।''

मैं केतकी के चेहरे की तरफ देखने लगी। केतकी का सादा और साँवला चेहरा ज़िन्दगी की किसी बड़ी फिलासफी से सुलग उठा था।

''इस रिश्ते की चिट्ठी जब लिखते हैं तो गाँव के बड़े-बूढ़े इसके ऊपर अपनी मोहर लगाते हैं।''

''तो तुम्हारी इस चिट्ठी के ऊपर गाँव वालों ने अपनी मोहर नहीं लगाई थी?''

''नहीं लगाई तो क्या हुआ! मेरी चिट्ठी थी, मैंने ले ली। यह कार्तिक की चिट्ठी तो सिर्फ केतकी के नाम लिखी गई थी।''

''तुम्हारा नाम केतकी है? कितना प्यारा नाम है। तुम बड़ी बहादुर औरत हो अम्माँ!''

''मैं शेरों के कबीले में से हूँ।''

‘‘वह कौन-सा कबीला है अम्माँ?’’

‘यही जो जंगल में शेर होते हैं, वे सब हमारे भाई-बन्धु हैं। अब भी जब जंगल में कोई शेर मर जाए तो हम लोग तेरह दिन उसका मातम मनाते हैं। हमारे कबीले के मर्द लोग अपना सिर मुँडा लेते हैं, और मिट्टी की हंडिया फोड़कर मरने वाले के नाम पर दाल-चावल बाँटते हैं।’’

‘‘सच अम्माँ?’’

‘‘मैं चकमक टोला की हूँ। जिसके पैरों में कपिल धारा बहती है।’’

‘‘यह कपिल धारा क्या है अम्माँ!’’

‘‘तुमने गंगा का नाम सुना है?’’

‘‘गंगा नदी?’’

‘‘गंगा बहुत पवित्र नदी है, जानती हो न?’’

‘‘जानती हूँ।’’

‘‘पर कपिल धारा उससे भी पवित्र नदी है। कहते हैं कि गंगा मइया एक साल में एक बार काली गाय का रूप धारण कर कपिल धारा में स्नान करने के लिए जाती है।’’

‘‘वह चकमक टोला किस जगह है अम्माँ?’’

‘‘करंजिया के पास।’’

‘‘और यह करंजिया?’’

‘‘तुमने नर्मदा का नाम सुना है?’’

‘‘हाँ सुना है।’’

‘‘नर्मदा और सोन नदी भी नज़दीक पड़ती हैं।’’

‘‘ये नदियाँ भी बहुत पवित्र हैं?’’

‘‘उतनी नहीं, जितनी कपिल धारा। यह तो एक बार जब धरती की खेतियाँ सूख गई थीं, और लोग बेचारे उजड़ गए थे तो उनका दुःख देखकर ब्रह्मा जी रो पड़े थे। ब्रह्माजी के दो आँसू धरती पर गिर पड़े। बस जहाँ उनके आँसू गिरे वहाँ ये नर्मदा नदी और सोन नदी बहने लगीं। अब इनसे खेतों को पानी मिलता है।’’

‘‘और कपिल धारा से?’’

‘‘इससे तो मनुष्य की आत्मा को पानी मिलता है। मैंने कपिल धारा के जल में इशनान किया और कार्तिक को अपना पति मान लिया।’’

‘‘तब तुम्हारी उमर क्या होगी अम्माँ?’’

‘‘सोलह बरस की होगी।’’

‘‘पर तुम्हारे माँ-बाप ने कार्तिक को तुम्हारा पति क्यों न माना?’’

‘‘बात यह थी कि कार्तिक की पहले एक शादी हुई थी। इसकी औरत मेरी

सखी थी। बड़ी भली औरत थी। उसके घर चुन्दरू-मुंदरू दो बेटे हुए। दोनों ही बेटे एक ही दिन जन्मे थे। हमारे गाँव का 'गुनिया' कहने लगा कि यह औरत अच्छी नहीं है। इसने एक ही दिन अपने पति का संग भी किया था और अपने प्रेमी का भी। इसीलिए एक की जगह दो बेटे जन्मे हैं।

''उस बेचारी पर इतना बड़ा दोष लगा दिया?''

''पर गुनिया की बात को कौन टालेगा। गाँव का मुखिया कहने लगा कि रोपी को प्रायश्चित करना होगा। उसका नाम रोपी था। वह बेचारी रो-रोकर आधी रह गई।''

''फिर?''

''फिर ऐसा हुआ कि रोपी का एक बेटा मर गया। गाँव का गुनिया कहने लगा कि जो बेटा मर गया वह पाप का बेटा था इसीलिए मर गया है।''

''फिर?''

''रोपी ने एक दिन दूसरे बेटे को पालने में डाल दिया और थोड़ी दूर जाकर महुए के फूल डलियाने लगी। पास की झाड़ी से भागता हुआ एक हिरन आया। हिरन के पीछे शिकारी कुत्ता लगा हुआ था। शिकारी कुत्ता जब पालने के पास आया तो उसने हिरन का पीछा छोड़ दिया और पालने में पड़े हुए बच्चे को खा लिया।''

''बेचारी रोपी।''

''अब गाँव का गुनिया कहने लगा कि जो पाप को बेटा था उसकी आत्मा हिरन की जून में चली गई। तभी तो हिरन भागता हुआ उस दूसरे बेटे को भी खाने के लिए पालने के पास आ गया।''

''पर बच्चे को हिरन ने तो कुछ नहीं कहा था। उसको तो शिकारी कुत्ते ने मार दिया था।''

''गुनिए की बात को कोई नहीं समझ सकता बिटिया! वह कहने लगा कि पहले तो पाप की आत्मा हिरन में थी, फिर जल्दी से उस कुत्ते में चली गई। गुनिया लोग बात की बात में मरवा डालते हैं। बसाई का नन्दा जब शिकार करने गया था। तो उसका तीर किसी हिरन को नहीं लगा था। गुनिया ने कह दिया कि ज़रूर उसके पीछे उसकी औरत किसी गैर मरद के साथ सोई होगी, तभी तो उसका तीर निशाने पर नहीं लगा। नन्दा ने घर आकर अपनी औरत को तीर से मार दिया।''

''अरे!''

''गुनिया ने कार्तिक से कहा कि वह अपनी औरत को जान से मार डाले। नहीं मारेगा तो पाप की आत्मा उसके पेट से फिर जनम लेगी और उसका मुख देखकर गाँव की खेतियाँ सूख जाएँगी।''

''फिर?''

''कार्तिक अपनी औरत को मारने के लिए सहमत न हुआ। इससे गुनिया भी नाराज़ हो गया और गाँव के लोग भी।''

''गाँव के लोग नाराज़ हो जाते हैं तो क्या करते हैं?''

''लोग गुनिया से बहुत डरते हैं। सोचते हैं कि अगर गुनिया जादू कर देगा तो सारे गाँव के पशु मर जाएँगे। इसलिए उन्होंने कार्तिक का हुक्का-पानी बन्द कर दिया।''

''पर वे यह नहीं सोचते थे कि अगर कोई इस तरह अपनी औरत को मार देगा तो वह खुद ज़िन्दा कैसे बचेगा?''

''क्यों, उसको क्या होगा?''

''उसको पुलिस नहीं पकड़ेगी?''

''पुलिस नहीं पकड़ सकती। पुलिस तो तब पकड़ती है जब गाँववाले गवाही देते हैं। पर जब गाँववाले किसी को मारना ठीक समझते हैं तो पुलिस को पता नहीं लगने देते।''

''फिर क्या हुआ''

''बेचारी रोपी ने तंग आकर महुए के पेड़ से रस्सी बाँध ली और अपने गले में डालकर मर गई।''

''बेचारी बेगुनाह रोपी!''

''गाँववालों ने तो समझा कि खतम हो गई। पर मुझे मालूम था कि बात खतम नहीं हुई। क्योंकि कार्तिक ने अपने मन में ठान लिया था कि वह गुनिया को जान से मार डालेगा। यह तो मुझे मालूम था कि गुनिया जब मर जाएगा तो मरकर राखस बनेगा।''

''वह तो जीते जी भी राक्षस था!''

''जानती हो राक्षस क्या होता है?'

''क्या होता है?''

''जो आदमी दुनिया में किसी को प्रेम नहीं करता, वह मरकर अपने गाँव के दरखतों पर रहता है। उसकी रूह काली हो जाती है, और रात को उसकी छाती से आग निकलती है। वह रात को गाँव की लड़कियों को डराता है।''

''फिर?''

''मुझे उसके मरने का तो गम नहीं था। पर मैं जानती थी कि कार्तिक ने अगर उसको मार दिया तो गाँव वाले कार्तिक को उसी दिन तीरों से मार देंगे।

''फिर?''

''मैंने कार्तिक को कपिल धारा में खड़े होकर वचन दिया कि मैं उसकी औरत बनूँगी। हम दोनों इस देश से भाग जाएँगे। मैं जानती थी कि कार्तिक उस देश में

रहेगा तो किसी दिन गुनिया को ज़रूर मार देगा। अगर वह गुनिया को मार देगा तो गाँववाले उसको मार देंगे।''

''तो कार्तिक को बचाने के लिए तुमने अपना देश छोड़ दिया?''

''जानती हूँ, वह धरती नरक होती है जहाँ महुआ नहीं उगता। पर क्या करती? अगर वह देश न छोड़ती तो कार्तिक ज़िन्दा न बचता और जो कार्तिक मर जाता तो वह धरती मेरे लिए नरक बन जाती। देश-देश इसके साथ घूमती रही। फिर हमारी रोपी भी हमारे पास लौट आई।''

''रोपी कैसे लौट आई?''

''हमने अपनी बिटिया का नाम रोपी रख दिया था। यह भी मैंने कपिल धारा में खड़े होकर अपने मन से वचन लिया था कि मेरे पेट से जब कभी कोई बेटी होगी, मैं उसका नाम रोपी रखूँगी। मैं जानती थी कि रोपी का कोई कसूर नहीं था। जब मैंने बिटिया का नाम रोपी रखा तो मेरा कार्तिक बहुत खुश हुआ।''

''अब तो रोपी बहुत बड़ी होगी?''

''अरी बिटिया! अब तो रोपी के बेटे भी जवान होने लगे। बड़ा बेटा आठ बरस का है और छोटा बेटा छः बरस का। मेरी रोपी यहाँ के बड़े माली से ब्याही है। हमने दोनों बच्चों के नाम चुन्दरू-मुन्दरू रखे हैं।''

''वही नाम जो रोपी के बच्चों के थे?''

''हाँ, वही नाम रखे हैं। मैं जानती हूँ, उनमें से कोई भी पाप का बच्चा नहीं था।''

''मैं कितनी देर केतकी के चेहरे की तरफ देखती रही। कार्तिक की वह कहानी जो किसी गुनिए ने अपने निर्दयी हाथों से उधेड़ दी थी, केतकी अपने मन के सुच्चे रेशमी धागे से उस उधड़ी हुई कहानी को फिर से सी रही थी। यह एक कहानी की बात है। और मुझे भी मालूम नहीं, आपको भी मालूम नहीं कि दुनिया के ये 'गुनिए' दुनिया की कितनी कहानियों को रोज़ उधेड़ते हैं।

अजनबी

न जाने क्यों, लोकनाथ को अपने जीवन की हर बात किसी न किसी जानवर की सूरत में याद आती थी। बचपन के कितने ही पल एक अघाई हुई बिल्ली की तरह म्याऊँ-म्याऊँ करते हुए उसके पास से गुज़र जाते थे। इन पलों को जैसे उसकी माँ ने अभी-अभी दूध से भरी कटोरी पिलाई हो, और उसके भूरे झबरैले बालों को उसके बाप ने जैसे अभी-अभी अपने हाथों से सहलाया हो।

लोकनाथ का छोटा भाई प्रेमनाथ अब नेवी में था। इकहरे बदन का खूबसूरत-सा नौजवान। पर छुटपन में वह पढ़ाई में भी उतना ही कमज़ोर था जितना कि वह शरीर से दुबला था। लोकनाथ जब उसे पढ़ाने के लिए अपने पास बिठाता था तो किताब के अक्षरों पर सिकुड़ी हुई उसकी आँखें, कई बार अचानक सहम से फैलकर लोकनाथ का चेहरा ताकने लगती थीं। और फिर जब लोकनाथ उसे दिलासा देता था तो जैसे मिन्नत सी करती हुई उसकी आँखें पिघलने लग जाती थीं। और अब नेवी का अफसर बनकर वह नई-नई बन्दरगाहों पर जाता था और वहाँ से तस्वीरें खींचकर लोकनाथ को भेजता था तो लोकनाथ को उसके साथ बिताए हुए पलों की याद ऐसे आती थी जैसे एक छोटा-सा पिल्ला पूँछ हिलाते हुए अपनी गीली जीभ से उसकी तली को चाटने लगा हो।

उसने किसी राजनीतिक पार्टी में कभी दखल देना नहीं चाहा था। पर अनुभव की भूख कई बार उसे मीटिंगों में ले जाती थी। वह नहीं जानता कब खुफिया पुलिस ने अपने कागज़ों में उसका नाम दर्ज कर लिया था और उसके बारे में अपनी लम्बी-चौड़ी राय बना रखी थी। उसकी डिग्रियों से घबराकर जब भी कभी कोई सरकारी दफ्तर उसे नौकरी का वचन दे देता तो पुलिस की यही लम्बी-चौड़ी राय उस वचन को एक ही झटके में तोड़कर रख देती। अब जब कि लोकनाथ एक कालेज प्रोफेसर था और अपने लिए उसने एक निश्चित स्थान बना लिया था तो कई परेशान लमहों की याद उसे उन चीलों और बन्दरों की सूरत में याद आती थी जो न जाने कहाँ से आते थे और उसके हाथों को खरोंचकर रोटी का टुकड़ा छीनकर ले जाते थे।

सरकारी दफ्तरों की ढीली रफ्तार उसे केंचुओं-सी लगती। किसी भी काबलियत के रास्ते में पेश आने वाली ईर्ष्या उसे साँप की तरह फुँकारती सुनाई देती। कईयों की ईर्ष्या और जलन को उसने अपने शरीर पर झेला था—भैंसे के सींगों की तरह। अपने सगे-सम्बन्धियों के फ़िज़ूल उलाहनों और रूठने के पल उसे अलमारी में घुसे चूहे मालूम होते थे जो कीमती कागज़ों को कुतरते चले जाते हैं।

लोकनाथ को अपनी बीवी बहुत पसन्द थी। इसी बीवी को, लोकनाथ का दिल कहता था, कि उसने किस्सा-कथाओं के इश्क से भी ज़्यादा इश्क किया था। उसके साथ बिताई और बीत रही घड़ियाँ लोकनाथ की नज़र में ऐसे थीं जैसे नन्ही-नन्ही चिड़ियाँ उसके आसपास चहकती हों, जैसे कुंजों की एक कतार बादलों को काटकर गुजरी हो, जैसे घुग्गियों के कुछ जोड़े उसकी खिड़की में आकर बैठ गए हों, जैसे सुग्गों का एक झुण्ड उसके आँगन के पेड़ पर आ बैठा हो। अपनी बीवी के खत, और बीवी के नाम लिखे हुए अपने खत लोकनाथ को हमेशा उन कबूतरों-से लगते थे जो किसी दीवार की ओट में घोंसला बनाने के लिए तिनके जोड़ते रहते हैं।

विवाह से पहले लोकनाथ अपनी बीवी को उसके जन्मदिन पर एक किताब भेंट किया करता था। विवाह के बाद हर साल उसके जन्मदिन पर उसके होंठ चूमता था और कहता था, "मेरी उमर का यह साल एक किताब की तरह तुम्हारी नज़र।" इस तरह लोकनाथ अपनी बीवी को अब तक अपनी उमर के पच्चीस साल पच्चीस किताबों की तरह सौगात में दे चुका था। उसे यकीन था कि उसके जीते जी उसकी बीवी का कोई ऐसा जन्मदिन नहीं जाएगा जब कि वह अपनी ज़िन्दगी का कोई साल एक खुली किताब की तरह उसे भेंट नहीं करेगा।

सिर्फ एक बार ऐसा हुआ था—बाईस साल पहले की बात है—एक सुबह लोकनाथ चारपाई से उठा तो उसका बदन तप रहा था। रात को वह अच्छा-भला सोया था। गरीवाला एक केक लाकर उसने अपनी अलमारी में रखा था। इस बार न जाने कैसे उसकी बीवी को अपना जन्मदिन याद नहीं रहा था। शायद इसलिए कि उसकी एक बहुत पुरानी सहेली कई सालों बाद उस दिन विदेश से लौट रही थी और उसने उसे मिलने के लिए जाना था। लोकनाथ ने सुबह अपनी बीवी को चौंकाने के लिए केक लाकर आलमारी में छुपा दिया था। पर सुबह जब वह उठा तो उसके माथे में ज़ोरों का दर्द हो रहा था। बीवी के साथ उसने चाय भी पी और केक भी खाया, उसे चौंकाया भी, उसके होंठ चूमकर उसे अपनी उमर का एक साल किताब की तरह सौगात में भी दिया। पर उसके बाद वह सारा दिन चारपाई से नहीं उठ सका। उस दिन वह सोच रहा था कि जो किताब इस बार उसने अपनी बीवी को दी थी, उस किताब का एक पन्ना उसमें से फटा हुआ था। उस रात वह

फटा हुआ पन्ना किसी जानवर के टूटे हुए पंख की तरह उसकी छाती में हिलता रहा।

लोकनाथ की ज़िन्दगी के कुछ पल मासूम उड़ते परिन्दों की तरह थे, कुछ पालतू परिन्दों की तरह और कुछ जंगल के जानवरों की तरह। पर किसी पल से वह कभी डरा नहीं था, चौंका भी नहीं था। पर एक—लोकनाथ की ज़िन्दगी में एक वह घड़ी भी आई थी—मुश्किल से पन्द्रह मिनटों के लिए—जो एक बार एक चमगादड़ की तरह उसके मन में चली आई थी और बेशक होश-हवास की सारी खिड़कियाँ खुली थीं, पर वह घड़ी एक अन्धे चमगादड़ की तरह बार-बार दीवारों से टकराती रही थी और बार-बार लोकनाथ के कानों पर झपटती रही थी। लोकनाथ ने घबराकर कानों पर हाथ रख लिए थे और कुछ मिनटों के लिए उसे आवाज़ें सुनाई नहीं दी थीं, उसकी ज़मीर की आवाज़ भी नहीं, पर एक आवाज़ थी जो उस समय भी कनपटियों में उसे सुनाई देती रही थी, और खून की इस आवाज़ से छुटकारा पाने के लिए उसने...।

बाईस साल बीत गए थे। पर वह घड़ी, मुश्किल से पन्द्रह मिनटों की वह घड़ी, लोकनाथ को जब कभी याद आ जाती—याद नहीं आती थी बल्कि चमगादड़ की तरह उसके सिर पर उड़ती थी—तो लोकनाथ घबराकर उसे जल्दी बाहर निकाल देने के लिए उसके पीछे दौड़ने लगता था।

इस चमगादड़ जैसी घड़ी के आने का कोई समय नहीं था। कभी 'फ्रायड' के पन्ने उलटते हुए वह अचानक आ जाती थी तो कभी किसी खूबसूरत कविता को पढ़ते हुए वह अचानक आ जाती थी। एक बार अपने नए जन्मे बेटे की गर्दन में से दूध की महक सूँघते हुए भी लोकनाथ को वह चमगादड़ दिखाई दिया था। और आज जब लोकनाथ की बड़ी बेटी सुचेता, मायके के प्रसूत-काल काटकर ससुराल जाने लगी थी, और नन्हें से बालक को झोली में लेकर जब उसने अपने बाप से मिन्नत की थी कि उसकी छोटी बहन रीता को वह कुछ दिनों के लिए उसके साथ ससुराल भेज दे क्योंकि छोटा-सा बालक शायद उससे अकेले न सँभले, तो लोकनाथ के चेहरे का रंग पीला पड़ गया था।...एक चमगादड़ उसके सिर पर मँडराने लगा था। आँगन में बैठी उसकी बीवी, उसकी बेटी, उसे लेने आया उसका खाविन्द, झोली में पड़ा बच्चा, कुछ दूर पर बैठी उसकी दूसरी बेटी, आँगन में कैरम खेल रहा उसका बेटा—सारे के सारे जैसे ओझल हो गए। होश-हवास की सारी खिड़कियाँ खुली थीं, पर एक अन्धा चमगादड़ दीवारों से सर पटक रहा था, लोकनाथ के कानों पर झपट रहा था, और लोकनाथ उसे जल्दी से बाहर निकाल देने के लिए अपने मन की चारों नुक्कड़ों में दौड़ने लगा।

यह चमगादड़ एक स्मृति थी। बात बाईस साल पहले की थी—लोकनाथ के

घर जब पहला बच्चा हुआ था, यही सुचेता। लोकनाथ की बीवी बेहद कमज़ोर हो आई थी। अपनी बीवी को मायके से अपने घर लाने की जगह वह उसे पहाड़ पर ले गया था। छोटा-सा बच्चा न उससे सम्भल पा रहा था न उसकी बीवी से। इसलिए वह अपनी बीवी की छोटी बहन को भी अपने साथ पहाड़ पर ले गया था। पन्द्रह सालों की वह उर्मी उसे बिलकुल अपनी बहन-सी दिखाई देती थी या अपनी बेटी की तरह जो कुछ सालों बाद उसी की उमर की हो जानी थी। कई बार बच्ची जब सो रही होती थी तो उर्मी को घुमाने के लिए वह अपने साथ ले जाता था। उसकी बीवी अभी चल नहीं सकती थी। कहीं-कहीं चीड़ के पेड़ों के नीचे झरे हुए तिनकों की तहें बैठ जाती थीं। उर्मी दौड़ पड़ती थी तो लोकनाथ उसे फिसलने से बचाने के लिए हाथ पकड़ लेता था। उसने यह कभी नहीं सोचा था कि इस उर्मी को उसके हाथों कभी ठेस भी लग सकती थी। एक बार सैर के लिए जाते वक्त उसने अपनी बच्ची की गर्दन को चूमा। सो रही बच्ची में से सौंफिया दूध और पाउडर की अजीब-सी गन्ध आ रही थी। बच्ची की माँ भी बच्ची के पास लेटी हुई थी। लोकनाथ ने उसके कान के पास होकर धीरे से अपने होंठ छुलाए तो बच्ची वाली गन्ध उसे अपनी बीवी के बालों में से भी आई। और फिर उसी दिन की बात है, सैर करते हुए जब उसने उर्मी का हाथ पकड़कर उसे फिसलई चढ़ाई पर चढ़ने के लिए सहारा दिया तो उसके कन्धे को छूती हुई उसकी साँस में से भी उसे वही गन्ध आई। लोकनाथ अपनी बीवी को मज़ाक करता आया था और उर्मी से भी बोला, ''बेबी का सौंफिया दूध लगता है तुम दोनों को भी अच्छा लगने लगा है।''

इसके आगे लोकनाथ को नहीं मालूम कि क्या, कैसे हुआ। एक गन्ध थी जो उसके गले सिमट आई थी—सौंफिया दूध की, पाउडर की, गुदाज़ चमड़ी की, औरत के अंगों की, और चीड़ के पेड़ों की। और लोकनाथ को लगा कि जंगल की खुली हवा में भी उसका दम घुट रहा था। और फिर यह गन्ध कुहासे की तरह उठी और उसके गले से होकर माथे में छा गई। और फिर सारे चेहरे उस कुहासे की ओट में छुप गए—उर्मी का चेहरा, उसकी बीवी का चेहरा, उसकी बच्ची का चेहरा। चेहरों का अहसास होता था—पर पहचाने नहीं जाते थे। फिर लोकनाथ को लगा कि दूर-पास कहीं कोई बस्ती नहीं थी। जहाँ तक नज़र जाती थी—वहाँ तक सिर्फ खंडहर ही थे। फिर किसी खंडहर में से चमगादड़ों की एक तेज़ गन्ध उठी और उसके सिर में छा गई। फिर उसे लगा कि किसी दीवार की ओट से निकलकर एक चमगादड़ उसके कानों पर झपटने लगा था। उसने घबराकर दोनों हाथ कानों पर रख लिए थे। कुछ मिनटों के लिए उसे कोई आवाज़ सुनाई नहीं दी थी—ज़मीर की आवाज़ भी नहीं, पर एक आवाज़ उसे अब भी सुनाई दे रही थी—सुनाई कानों से नहीं दे रही थी बल्कि खून की हर एक बूँद से उठ रही दिखती थी।

यह जैसे एक बहुत बड़ी साज़िश थी। ज़मीर की आवाज़ के ख़िलाफ खून की आवाज़ की साज़िश थी—चेहरे की हर पहचान के ख़िलाफ एक बूँद की साज़िश थी—जंगल की खुली हवा के ख़िलाफ एक गन्ध की साज़िश थी—हर आबादी के ख़िलाफ हर खंडहर की साज़िश थी।

लोकनाथ किसी की कोई साज़िश न समझ सका। पन्द्रह मिनटों का वह समय जब उसकी उमर से टूटकर एक अंग की तरह दूर जा पड़ा तो लोकनाथ को लगा कि उसकी सारी ज़िन्दगी अपाहिज बनकर रह गई थी।

उस शाम जब वह घर लौटा, उसकी बीवी के कमरे में जो मोमबत्ती जल रही थी, लोकनाथ को लगा, उस मोमबत्ती की लपट, उसके चेहरे की तरफ देखकर थरथराती हुई जैसे जल्दी से बुझ जाना चाहती थी।

जब रात घिर आई तो अँधेरा लोकनाथ को अच्छा लगा। पर फिर उसे लगा कि एक अँधेरा उसकी छाती में घिर आया था। अँधेरे का एक टुकड़ा रात के अँधेरे से टूटकर अलग जा पड़ा था। रात का अँधेरा तालाब के पानी की तरह ठहरा हुआ था जिसमें से एक गन्ध उठ रही थी। उस रात लोकनाथ को कितने ही ख़्याल आए। उसे लगा कि वे सारे ख़्याल इस तालाब में तैरते हुए मच्छरों जैसे थे।

दूसरे दिन वह पहाड़ से लौट आया था। उर्मी को उसके माँ-बाप के पास छोड़ आया था। और फिर उर्मी को उसके विवाह के दिन, एक बार भरे आँगन में मिलने के सिवा, वह कभी नहीं मिला था। यह एक माफी थी, जिसे वह सारी उमर अपने को गैरहाज़िर रखकर उर्मी से माँगता रहा था।

‘‘पापाजी!’’ सुचेता ने एक मिन्नत से लोकनाथ की खामोशी तोड़नी चाही। और धीरे से बोली, ‘‘आप क्या सोच रहे हैं पापा? वैसे मैं जानती हूँ आप न नहीं करेंगे।’’

‘‘क्या?’’ लोकनाथ ने हैरान होकर अपनी बेटी की तरफ देखा। यह बेटी उसे बहुत प्यारी थी। उसकी बात उसने कभी नहीं टाली थी। पर वह हैरान था कि अगर कोई होनी वक्त के साथ मिलकर एक साज़िश करने लगी थी, तो उसकी बेटी को इस साज़िश की समझ क्यों नहीं लग रही थी।

‘‘रीता को कुछ दिन मैं अपने साथ ले जाऊँ? यह सोनी मुझसे सम्भलती नहीं...’’ सुचेता फिर कह रही थी। साथ में माँ ने भी हामी भरी, ‘‘एक महीने तक रीता का कालेज खुल जाएगा। यही छुट्टियों का एक महीना ही है...एक महीना ही सही...राजेन्द्र भी ज़ोर डाल रहे हैं।’’

‘‘राजेन्द्र बड़ा होनहार है,’’ लोकनाथ को ख़्याल आया और फिर अपने जंवाई के चेहरे की तरफ देखते हुए उसे लगा कि कोई होनी एक पागल कुत्ते की तरह—इस

अच्छे लड़के को काटने के लिए तिलमिला रही थी। वह तनकर खड़ा हो गया ऐसे जैसे वह उसे पागल कुत्ते से बचा सकता था। ‘‘मैं अगले महीने खुद आकर रीता को छोड़ जाऊँगा,’’ राजेन्द्र ने धीरे से कहा।

‘‘नहीं, बिल्कुल नहीं।’’ लोकनाथ ने ज़रा सख़्ती से कहा। सबने घबराकर पहले लोकनाथ की ओर देखा, फिर एक-दूसरे की ओर, ऐसे जैसे उन्होंने लोकनाथ की आवाज़ नहीं सुनी थी, किसी बड़े अजनबी की आवाज़ सुनी थी।

एक दुखान्त

'अपनी आग से खुद ही जल गए कुकनूस की राख में से—यूनानी मिथ के अनुसार—जैसे एक नया कुकनूस जन्म लेता है', सुकुमार को लगा, 'कीर्ति से उसका पहला रिश्ता बिल्कुल खत्म हो गया था, और उसी खत्म हुए रिश्ते की राख में से एक नये रिश्ते ने जन्म ले लिया था...।'

'एक गैर मर्द से एक जवान हो रही लड़की की वाकफियत हमेशा समय और अपने वर्ग के संस्कारों को साथ लेकर चलती है, सुकुमार ने सोचा, 'उसकी और कीर्ति की वाकफियत भी जिन संस्कारों को साथ ले आगे बढ़ी थी, उसके मुताबिक उनका एक-दूसरे को बहिन-भाई कहना बिलकुल स्वाभाविक था।'

'आदमी आगे बढ़ता है', सुकुमार ने फिर सोचा, 'पर संस्कार एक सीमा पर आकर ठहर जाते हैं। आदमी बुद्धि के सहारे आगे बढ़ता है, संस्कार पाँवों के सहारे... पाँवों की थकावट एक सीमा से आगे बढ़कर पाँव के छाले बन जाती है, जख्म भी बन सकती है...शायद इसीलिए संस्कारों को अपने पाँवों का बहुत ध्यान रहता है...'

'पर सोच कहीं भी पहुँच सकती है', सुकुमार के होंठों पर एक हल्की-सी मुस्कान आ गई, 'एक जन-संघी से सार्त्र तक...'

'मैंने जब भी राजनीति को अपनाया...', सुकुमार ने अपने बीते दिनों को याद करना चाहा, उस लहर के उद्देश्य से प्रभावित होकर नहीं वह घर के एक खास तरह के माहौल से निकलने का मेरा प्रयास मात्र, था...मेरे बाप ने मुझे समझने की कभी कोशिश नहीं की, सदा अपनी मर्ज़ी के अनुसार चलाने का यत्न किया—डाँट-डपट से, मार-पीट से। बाप मेरे हाथों में इंजीनियरिंग के औज़ार पकड़े देखना चाहता था, पर मैं अपने हाथों में आर्ट तथा लिटरेचर की किताबें लिए रहना चाहता था...'

'पिता से कुछ कह सकना, उसे समझा या मना सकना जैसे घर के बाहर वाले दरवाज़े की तरह था, और जिसे बन्द कर उसकी चाबी पिता ने अपनी जेब में डाल रखी थी—पर राजनीति घर के पीछे की ओर रात को खुली रह गई खिड़की की तरह थी...और मैंने बाहर खुलने वाले दरवाज़े को एक दिन बड़ी हसरत भरी

नज़र से देखा था, और फिर उस खिड़की में से आधी रात के अँधेरे में कूद गया था, सुकुमार ने आज से सोलह वर्ष पहले की उस घटना के बारे में सोचा, जब उसने एक दिन चुपचाप अपने माँ-बाप के घर से निकल राजनीति का सहारा लिया था।

'आदमी के विचारों तथा आवश्यकताओं को कहने, सुनने और समझने वाला बहिन-भाई का सम्बन्ध भी घर के उस बाहर वाले दरवाज़े की तरह ही होता है, जिसकी चाबी उस रिश्ते ने अपनी जेब में डाली हुई होती है', सुकुमार को हँसी आ गई 'पर स्त्री तथा पुरुष का एक-दूसरे के प्रति स्वाभाविक आकर्षण घर के पीछे की ओर रात को खुली रह गई उस खिड़की की तरह होता है, जिसमें से मनुष्य के विचार तथा आवश्यकता किसी न किसी रात को बाहर के अँधेरे में छलाँग लगा देते हैं...'

और सुकुमार को याद आया कि कीर्त्ति से जब उसकी वाकफियत हुई थी, वह अपनी राजनीतिक पार्टी के अखबार का सहायक सम्पादक था। कीत्ति, दसवीं में पढ़ने वाली एक लड़की थी। एक दिन बड़े उत्साह से एक लेख लिख वह उसके पास आई थी। अपनी हैड मिस्ट्रैस से एक सिफारिशी चिट्ठी भी साथ लाई थी। भले ही उसने यह लेख छापा नहीं था, पर और अच्छा लिखने के लिए उसे कई सुझाव दिए थे। फिर कीर्त्ति अक्सर उसके पास आती रही थी। उसने कई किताबें कीर्त्ति को पढ़ने के लिए दी थीं, और जब कीर्त्ति ने बड़े भोलेपन तथा सादगी से उसे भाई साहब कहा था, तो उसने उसी सादगी से उस सम्बोधन को स्वीकार कर लिया था।

फिर दो वर्ष वे मिलते रहे थे। तब वह कीर्त्ति के शहर बम्बई में था। और फिर उसे वह शहर छोड़ना पड़ा था। वह शहर-शहर घूमता रहा था, पर कीर्त्ति के पत्र उसे सब जगह मिलते रहे थे। फिर दो वर्ष पश्चात् एक दिन कीर्ति का ऐसा पत्र आया था, जिसमें वही पहले वाला सम्बोधन था—'भाई साहब!' पर खत की बाकी इबारत कुछ इस प्रकार थी जैसे बहिन-भाई के रिश्ते वाले बन्द दरवाज़े को उसकी इन्सानी ज़रूरतों ने एक बार बड़ी हसरत से देखा हो, और फिर मर्द और औरत के स्वाभाविक आकर्षण वाली पीछे की खिड़की में से बाहर अँधेरे में छलाँग लगा दी हो...खत में लिखा था—'मेरी माँ और मेरा बड़ा भाई मेरा विवाह कर देने के लिए उतावले हो रहे हैं। आप चाहते हैं, मैं पढ़ूँ, बहुत पढ़ूँ। मैं विवाह नहीं करना चाहती, पर कोई मेरी बात नहीं सुनता। बड़ी उदास हूँ, सोचती हूँ...अगर आप पास हों तो आपकी छाती से लग खूब रोऊँ। दोनों बाँहें आपके गिर्द डाल दूँ, फिर आप मुझे अपनी बाँहों में कस लें। मेरी छाती में धड़कता सब-कुछ अपनी छाती में भर लें...'

इस दौरान सुकुमार की सोच के कदम बड़ी तेज़ी से आगे बढ़े थे। उसके

अन्दर का राजनीतिक वर्कर बहुत पीछे रह गया था। और अब जो कुछ उसके गिर्द था, या उसके साथ था, उसे भी वह केवल दूर से ही देख रहा था। उसके अन्दर रहकर भी दूर से देख रहा था...कामू के 'आउटसाइडर' की तरह...वैसे इन्सान के मन को देखने-समझने की उसकी दिलचस्पी कायम थी...किसी एक व्यक्ति में, भले ही वह एक हसीन औरत ही क्यों न हो, उलझकर और उसके बीच जज़्ब होकर, या उसे खुद में जज़्ब कर, देखने या समझने की तरह नहीं...एक फासले पर खड़े हो एक दर्शक की तरह देखने और समझने की मानिन्द!

पत्र के साथ कीर्त्ति ने उसे अपनी एक तस्वीर भेजी थी छोटी-सी। उत्तर में सुकुमार ने उससे उसकी एक बड़ी तस्वीर की माँग की। उसके बाद एक और तस्वीर की माँग की—वे तस्वीरें कभी सामने से ली हुई होतीं, कभी दाईं ओर से, कभी बाईं ओर से, कभी बहुत करीब से, कभी बहुत दूर से...सुकुमार उसे हर तरफ से, हर कोण से, हर अंग तथा हर नज़रिए से जानने का यत्न कर रहा था।

फिर कीर्त्ति की तस्वीरें वह कुछ ऐसे देखता रहा जैसे किसी किताब की हर लाइन बड़े ध्यान से पढ़ रहा हो। सार्त्र के फल्सफे की तरह सार्त्र का अस्तित्व उसके अपने अस्तित्व में उतरता जा रहा था। सार्त्र ने अस्तित्ववाद को जिस ठौर पर पहुँचा दिया था, सुकुमार ने अपनी सोच को भी उसके समकक्ष जा खड़ा किया था...इतनी मंज़िल उसने तय कर ली थी। केवल इस मंज़िल का कोई प्रमाण उसके पास नहीं था।

'मन की अवस्था प्रमाण नहीं हुआ करती, प्रमाण तो रचना हुआ करती है।' सुकुमार जानता था, और जानता था कि वह अगर सार्त्र है तो बिना किसी उपलब्धि के। 'आइरन इन द सोल' सार्त्र ने भोगा भी था और उसे कागज़ पर भी उतारकर दिखाया था, पर सुकुमार ने केवल भोगा भर था।

इस फर्क को वह जानता था...आत्मा में चुभ रही लोहे की नोक की तरह जानता था। और इस चुभन की पीड़ा से व्याकुल हो सुकुमार ने सोचा कि उसे एक ऐसी औरत की ज़रूरत थी जो न उसकी बहिन हो सकती थी, न बीवी, वह केवल 'सिमन' हो सकती थी...सार्त्र की ज़िन्दगी में ज़िन्दगी भर के लिए आई 'सिमन' जो सार्त्र की ज़िन्दगी के एकदम भीतर भी थी और बिल्कुल बाहर भी। और जिसका अस्तित्व सार्त्र का 'सब कुछ' भी था और 'कुछ भी नहीं' भी था।

''यह 'कुछ' बहुत ज़रूरी है''—सुकुमार ने कीर्त्ति को लिखा—''क्योंकि यह एक आदमी के कदमों को आगे बढ़ाने वाली जुम्बिश है। और यह सिला भी बहुत ज़रूरी है क्योंकि इसके बिना सब कुछ महदूद हो जाता है और आदमी के पास कोई ऐसा स्थान नहीं बचा रहता जहाँ वह ज़िन्दगी के तजुर्बे और ज्ञान को रख सके...'' और सुकुमार ने कीर्त्ति को लिखा—''विवाह का सवाल पैदा नहीं होता। केवल साथ का

सवाल पैदा होता है। यह सवाल मैं तुम्हारे सामने रखता हूँ, अगर बन सके तो जवाब ज़रूर देना।'

'मर्दों और औरतों के जिस्म बाँसों के जंगल की तरह होते हैं'—सुकुमार ने कीर्त्ति को खत लिखने के बाद सोचा—'आग कहीं बाहर से नहीं आती, बाँसों की रगड़ में से ही पैदा हो जाती है। और आज अगर सालों बाद सुकुमार और कीर्त्ति की वाकफियत, बाँसों की तरह टकरा, आग बन भड़क उठी है, और अगर उसका पहला, वह बहिन-भाई का रिश्ता, उसमें जल खत्म हो गया हो, तो यह स्वाभाविक है।'

'कुकनूस के पंखों को लगने वाली आग भी कहीं बाहर से नहीं आती'—सुकुमार के भीतर जैसे कुछ थिरक उठा—'बहार के सफेद फूलों को देख उसके गले में जो व्याकुलता उठती है, वही व्याकुलता आग की लपट बन जाती है...इस आग में कुछ जलना ज़रूरी है।'—और सुकुमार को लगा कि पुराने संस्कार जलकर राख हुए जा रहे थे, और यूनानी मिथ के अनुसार राख में से एक नया कुकनूस जन्म ले रहा था—यह नया कुकनूस कीर्त्ति का वह रूप था—एक औरत का वह रूप—जिसे पीने के लिए उस दिन सुकुमार ने अपने होंठ बढ़ा दिए।

कीर्त्ति बहुत दूर थी। कल्पना बिल्कुल पास। सुकुमार ने दोनों बाँहें फैला, जो कुछ उनमें समा सकता था, भर लिया। अपने होंठों से, कीर्त्ति के होंठों को छू लेने वाला, वह पल था जो लम्बा होता जा रहा था—या शायद एक ही जगह ठहर गया था—सुकुमार के होंठ थक गए और सुकुमार को लगा कि कीर्त्ति के होंठ भी इस बीच नीले पड़ चले थे...

दो दिन बाद कीर्त्ति का खत आया—भींचे-तने हुए नीले होंठों में से फड़कते हुए शब्दों से भरा। कीर्त्ति ने अपने सपने में सुकुमार का सब कुछ, शायद कुछ इस तरह छुआ था, कि खत लिखते वक्त भी उसके हाथों में उसके शरीर का कंपन जैसे कागज़ पर उतर आया था। सपने का एक-एक शब्द उसने लिख भेजा था। केवल उन शब्दों के स्थान पर, जो बहुत संकोचशील हो उठे थे, उसने बिन्दु डाल दिए थे—शब्द जैसे सिकुड़ गए थे। केवल बिन्दु बनकर रह गए थे...

पाँच दिन भी नहीं गुज़रे थे—कीर्त्ति का खत आया। इस लिफाफे में सिर्फ एक राखी थी। उस तरह ही जिस तरह हर साल कीर्त्ति उसे राखी भेजा करती थी। अभी-अभी डाकिया खत देकर गया था, अभी-अभी फिर बाहर वाला दरवाज़ा खटखटाया गया। सुकुमार ने दरवाज़ा खोला—एक लड़की जस्सी, उसके दोस्त की बहिन थी, जिसे सुकुमार की मदद से कालिज में पढ़ने का मौका मिला था, और जो बतौर शुक्रिया हर साल सुकुमार को राखी बाँधने आया करती थी, और दूसरी लड़की उसके एक दूर के चाचा की बेटी। दोनों ने मिठाई का एक-एक टुकड़ा सुकुमार के मुँह में डाला और

फिर उसके हाथ पर अपनी-अपनी राखी बाँध दी। मेज़ पर कीर्त्ति का थोड़ी ही देर पहले आया लिफाफा पड़ा हुआ था। जस्सी ने देखा और कीर्त्ति की तरफ से उस लिफाफे वाली राखी भी सुकुमार की बाँह पर बाँध दी।

'जिस रिश्ते को कीर्त्ति ने खत्म कर दिया, खत्म कर देना मान लिया, उसकी निशानी उसने क्यों भेजी?'—सुकुमार जब अकेला रह गया तो सोचने लगा, और सोचते-सोचते उसे लगा कि कीर्त्ति किसी भी पकड़ में से स्वतंत्र हो, अपने सहज रूप में खिलने के स्थान पर, इकहरी पकड़ की बजाय दुहरी पकड़ में बँध खड़ी हो गई थी, और उसी तरह ही सिकुड़ गई थी जैसे पिछले खत में उसके शब्द सिकुड़कर बिन्दु मात्र रह गए थे...इन्सानी रिश्तों की दुहरी पकड़ में बँधी कीर्त्ति ने सुकुमार के जलते खत के जवाब में एक वैसा ही खत लिख दिया था, और व्यवहारों तथा संस्कारों की एक ठंडी रम्म के जवाब में उसने लाल धागे का एक ठण्डा टुकड़ा भेज दिया था...

पिछले कुछ दिनों से सुकुमार, शाम के धुँधलके में, कीर्त्ति को अपने करीब महसूस करने का आदी हो गया था—पतली नाजुक-सी कीर्त्ति कभी सुकुमार की बिखरी किताबों को अलमारी में सजाकर रख रही होती...कभी सुकुमार की किताबों में से अभी-अभी लिए गए नोट्स टाइप कर रही होती...कभी सुकुमार की कुर्सी के पाए के पास घुटनों के बल बैठ, उसकी टाँगों पर सिर टिका देती...और कभी सुकुमार द्वारा चूमे गए अपने होंठों को धीरे से शीशे में देखती...और कभी धीमे से सुकुमार के बिस्तर में सरक उस दिन दुनिया-भर में हुए हादसों को कितने ही अखबारों में से पढ़कर सुनाती, और उनपर बहस करती...और फिर गहराती रात की ठंडक में काँपती, सुकुमार की बाँहों में गुच्छा हुई सुलग उठती...

बाजू से बँधे लाल-पीले धागों को खोल, जब सुकुमार अपने बिस्तर में लेटा, उस दिन भी रोज़ की तरह उसने कीर्त्ति को याद किया। कीर्त्ति हौले से उसकी बाँहों में आ गई—आई नहीं ढलक-सी पड़ी। कीर्त्ति के गिर्द लिपटी हुई अपनी बाँहें सुकुमार ने कसनी चाही, बाँहें बेजान-सी हो गईं। कीर्त्ति का सिर सुकुमार के कन्धे से सटा हुआ था—सटा हुआ नहीं—गिरा-सा। सुकुमार ने होंठ आगे बढ़ा कीर्त्ति के होंठों को छूना चाहा—होंठ माँस के ज़िन्दा धड़कते टुकड़े की तरह नहीं—एक चीज़ की तरह शिथिल थे। और फिर सुकुमार ने कीर्त्ति के अंगों को नहीं, अपने अंगों को जगाना चाहा, पर सुकुमार को लगा कि आज उसके अपने अंग भी उसके जिस्म में से उभरे हुए जिस्म का हिस्सा नहीं थे, जिस्म से टाँके हुए कुछ टुकड़ों की तरह थे...

और सुकुमार ने परेशान हो सोचा, आज की रात—आज की रात वह वारों-त्यौहारों तथा संस्कारों से स्वतन्त्र एक सहज मर्द नहीं था, आज वह वारों-त्योहारों और संस्कारों की चौखट में कसा हुआ 'भाई' नाम का जीव था। आज वह खुद भी चौखट में

जड़ी हुई एक तस्वीर की तरह दीवार पर टंगा हुआ था, और सामने कीर्त्ति चौखटे में कसी हुई कागज़ की तस्वीर-सी दीवार पर टँगी हुई थी...

दीवारों, तस्वीरों और चौखटों में से निकल सुकुमार कहीं चला जाना चाहता था, कीर्त्ति को भी ले जाना चाहता था। पर जैसे-जैसे वह सोचता जा रहा था, उसे लग रहा था कि तस्वीर को फाड़ा जा सकता है, तस्वीर को बोलने वाले होठों में नहीं बदला जा सकता। चौखट को तोड़ा जा सकता है, उसे चलकर कहीं जाने वाले कदम नहीं बनाया जा सकता। दीवार को गिराया जा सकता है, पर दीवार को किसी मंज़िल का साया नहीं बनाया जा सकता...

कुछ दिनों बाद कीर्त्ति का खत आया कि उसकी माँ और उसके भाई ने उसके विवाह का फैसला कर लिया था। वह न अपनी माँ को नाराज़ कर सकती थी, न अपने भाई को। और उसने सुकुमार से सदा के लिए बिछड़ने की इजाज़त चाही थी। सुकुमार ने हँसकर एक खत लिख दिया—बिल्कुल वैसा ही जैसा कीर्त्ति ने चाहा था।

यह सब एक दुखान्त था—जो धीरे से रेंगकर सुकुमार के अंगों और कलम की हरकत से चिपक गया था। पर वह सोच रहा था, 'यह दुखान्त एक आम और जाने-पहचाने दुखान्त जैसा नहीं था—इश्क की नाकामी जैसा जाना-पहचाना कुछ भी नहीं था—पर फिर भी वह हो गया था, एक अजीब शक्ल में हो गया था। और उसका सबसे अजीब पहलू यह था कि यह एक लड़की कीर्त्ति की सूरत में से नहीं उभरा था बल्कि हर लड़की की सूरत में से उभर आया था और उसे लग रहा था कि भविष्य में भी उसके जीवन में आने वाली हर लड़की कीर्त्ति की तरह बोलेगी, कीर्त्ति की तरह सुनेगी और फिर कीर्त्ति की तरह ही चली जाएगी...

ज़िन्दगी के अर्थों को वह सार्त्र की तरह ही पकड़ने की कोशिश कर रहा था और उसे लगा कि वह सार्त्र जैसा नहीं था, वह खुद सार्त्र था...

वह स्वतन्त्र था—किसी भी ऐसी थ्योरी को ढूँढ़ निकालने के लिए स्वतन्त्र था जो समूचे सामाजिक तथा राजनीतिक ढाँचे को कोई अर्थ दे सकती थी। और वह मर्द और औरत के उस रिश्ते की बुनियाद को भी जान लेने के लिए स्वतन्त्र था, जिसे वेदों से लेकर कामशास्त्र तक कइयों ने जानने की कोशिश की थी, पर वे अभी तक कुछ नहीं जान सके थे। और सुकुमार को लगा कि उसकी स्वतन्त्रता निराकार थी। स्वतन्त्रता के प्रयोग के लिए और उसे छूकर हाथ लगाकर, देख सकने के लिए, उसका एक आकार चाहिए...

और सुकुमार को लगा कि उसमें और सार्त्र में एक फर्क था—सार्त्र के पास अपनी स्वतन्त्रता को आकार दे सकने के लिए दो हथियार थे—एक उसकी कलम और दूसरा उसकी दोस्त औरत। पर उसके अपने पास कोई भी हथियार नहीं था, और यही फर्क उसका दुखान्त था...

'भयानक दुखान्त' सुकुमार रो नहीं सकता था इसलिए हँस दिया। और उसका मन हुआ कि वह इस भयानक दुखान्त से एक भयानक मज़ाक करे...

कितनी देर तक उसके मन का पानी खौलता रहा। कमरे में एक कोने से दूसरे कोने तक और दूसरे कोने से फिर पहले कोने तक आते-जाते हर बार सुकुमार का ध्यान उस छोटे-से शीशे पर पड़ा जो दीवार के एक कोने में खड़ा बार-बार उसके साए को पकड़ने की कोशिश कर रहा था। और फिर एक बार सुकुमार के कदम रुक गए—शीशा जैसे उसके साए को पकड़ पाने में सफल हो गया हो!

उसने शीशे में झाँका और अपने भयानक दुखान्त को एक भयानक मज़ाक करना चाहा। खौल-खौलकर सूख चुके पानी की तरह उसे अपने सामने कुछ भी दिखाई नहीं दे रहा था। मन में सूख चुके पानी की एक सफेद और गर्म तह जमी हुई थी—होंठों की तरह हौले से फड़कती। और उसे लगा, वह अपनी ओर देखकर स्वयं से कह रहा था—सो माई डियर...यू आर सार्त्र...सार्त्र होशियारपुरी...

www.ingramcontent.com/pod-product-compliance
Lightning Source LLC
Chambersburg PA
CBHW021252050526

44398CB00044B/1176